想象另一种可能

理想国
imaginist

亲爱的安德烈

龙应台　安德烈　合著

广西师范大学出版社
·桂林·

图书在版编目(CIP)数据

亲爱的安德烈：两代共读的 36 封家书 / 龙应台 ,（德）安德烈著 . —2 版 .
—桂林：广西师范大学出版社，2015.4

ISBN 978-7-5495-6412-5

Ⅰ . ①亲… Ⅱ . ①龙… ②安… Ⅲ . ①书信集 – 中国 – 当代
②书信集 – 德国 – 现代 Ⅳ . ① I267.5 ② I516.65

中国版本图书馆 CIP 数据核字 (2015) 第 038929 号

感谢台湾天下杂志提供下列图片：页码 1、19、27、33、67、81、95、113、131、245。

　　龙应台文化基金会提供图片：页码 103。

广西师范大学出版社出版发行

　广西桂林市五里店路9号　邮政编码：541004
　网址：www.bbtpress.com

出　版　人：张艺兵
全国新华书店经销
发行热线：010-64284815
山东临沂新华印刷物流集团有限责任公司　印刷
　临沂高新技术产业开发区新华路　邮政编码：276017

开本：710mm×1000mm　1/16
印张：17.25　字数：160千字　图片：39幅
2013年3月第2版　2018年8月第9次印刷
定价：36.00元

如发现印装质量问题，影响阅读，请与出版社发行部门联系调换。

目
录

认识一个十八岁的人 / 龙应台

　　我离开欧洲的时候，安德烈十四岁。当我结束台北市政府的工作，重新有时间过日子的时候，他已经是一个十八岁的青年，一百八十四公分高，有了驾照，可以进出酒吧，是高校学生了。脸上早没有了可爱的"婴儿肥"，线条棱角分明，眼神宁静深沉，透着一种独立的距离，手里拿着红酒杯，坐在桌子的那一端，有一点"冷"地看着你。

　　我极不适应——我可爱的安安，哪里去了？那个让我拥抱，让我亲吻，让我牵手，让我牵肠挂肚，头发有点汗味的小男孩，哪里去了？

　　我走近他，他退后；我要跟他谈天，他说，谈什么？我企求地追问，他说，我不是你可爱的安安了，我是我。

　　我想和他说话，但是一开口，发现，即使他愿意，我也不知说什么好，因为，十八岁的儿子，已经是一个我不认识的人。他在想什么？他怎么看事情？他在乎什么，不在乎什么？他喜欢什么讨厌什么，他为什么这样做那样做，什么使他尴尬什么使他狂热，我的价值观和他的价值观距离有多远……我一无所知。

　　他在德国，我在香港。电话上的对话，只能这样：

你好吗？

好啊。

学校如何？

没问题。

……

　　假期中会面时，他愿意将所有的时间给他的朋友，和我对坐于晚餐桌时，却默默无语，眼睛，盯着手机，手指，忙着传讯。

　　我知道他爱我，但是，爱，不等于喜欢，爱，不等于认识。爱，其实是很多不喜欢、不认识、不沟通的借口。因为有爱，所以正常的沟通仿佛可以不必了。

　　不，我不要掉进这个陷阱。我失去了小男孩安安没有关系，但是我可以认识成熟的安德烈。我要认识这个人。

　　我要认识这个十八岁的人。

　　于是我问他，愿不愿意和我以通信的方式共同写一个专栏。条件是，一旦答应，就绝不能半途而废。

　　他答应了。我还不敢相信，多次追问，真的吗？你知道不是闹着玩的，截稿期到了，天打雷劈都得写的。

　　我没想到出书，也没想到有没有读者，我只有一个念头：透过这个方式，我或许可以进入一个十八岁的人的世界。

　　因此，当读者的信从世界各地涌入的时候，我确实吓了一跳。有一天，在台北一家书店排队付账的时候，一个中年男人走过来跟我握手，用低沉的声音说，"如果不是你的文章，我和我儿子会形同陌路，因为我们不知道怎么和对方说话。"他的神情严肃，眼中有忍住的泪光。

很多父母和他一样，把文章影印给儿女读，然后在晚餐桌上一家人打开话题。美国和加拿大的父母们来信，希望取得我们通信的英文版，以便他们在英语环境中长大的孩子们能与他们分享。那做儿女的，往往自己已是三四十岁的人了，跟父母无法沟通；虽然心中有爱，但是爱，冻结在经年累月的沉默里，好像藏着一个疼痛的伤口，没有纱布可绑。

这么多的信件，来自不同的年龄层，我才知道，多少父母和儿女同处一室却无话可谈，他们深爱彼此却互不相识，他们向往接触却找不到桥梁，渴望表达却没有语言。我们的通信，仿佛黑夜海上的旗语，被其他漂流不安、寻找港湾的船只看见了。

写作的过程，非常辛苦。安德烈和我说汉语，但是他不识中文。所以我们每一篇文章都要经过这几道程序：

一、安德烈以英文写信给我。他最好的文字是德文，我最好的文字是中文，于是我们往前各跨一步，半途相会——用英文。

二、我将之译成中文。在翻译的过程中，必须和他透过越洋电话讨论——我们沟通的语言是汉语：这个词是什么意思？为何用这个词而不用那个词？这个词的德文是哪个？如果第二段放在最后，是不是主题更清楚？我有没有误会你的意思？中文的读者可能无法理解你这一个论点，可否更详细地解释？

三、我用英文写回信，传给安德烈看，以便他作答。

四、我将我的英文信重新用中文写一遍——只能重写，不能翻译，翻译便坏。

四道程序里，我们有很多的讨论和辩论。我常批评他文风草率，"不够具体"，他常不耐我吹毛求疵，太重细节。在写作的过程里，我们人生哲学的差异被凸显了：他把写作当"玩"，我把写作当"事"。我们的价值观和生活态度，也出现对比：他有三分玩世不恭，二分黑色幽默，五分的认真；我有八分的认真，二分的知性怀疑。他对我嘲笑有加，我对他认真研究。

认识一个十八岁的人，你得从头学起。你得放空自己。

专栏写了足足三年，中间有多次的拖稿，但总算坚持到有始有终。写信给他的年轻读者有时会问他："你怎么可能跟自己的母亲这样沟通？怎么可能？"安德烈就四两拨千斤地回信，"老兄，因为要赚稿费。"

我至今不知他当初为何会答应，心中也着实觉得不可思议他竟然真的写了三年。我们是两代人，中间隔个三十年。我们也是两国人，中间隔个东西文化。我们原来也可能在他十八岁那年，就像水上浮萍一样各自荡开，从此天涯淡泊，但是我们做了不同的尝试——我努力了，他也回报以同等的努力。我认识了人生里第一个十八岁的人，他也第一次认识了自己的母亲。

日后的人生旅程，当然还是要漂萍离散——人生哪有恒长的厮守？但是三年的海上旗语，如星辰凝望，如月色满怀，我还奢求什么呢。

2007.9.20

连结的"份" / 安德烈

亲爱的ＭＭ：

我们的书要出版了——不可思议吧？那个老是往你床上爬的小孩，爱听鬼故事又怕鬼、怕闪电又不肯睡觉的小孩，一转眼变成一个可以理性思考、可以和你沟通对话的成人，尽管我们写的东西也许有意思，也许没有意思。

你记得是怎么开始的吗？

三年前，我是那个自我感觉特别好的十八岁青年，自以为很有见解，自以为这个世界可以被我的见解改变。三年前，你是那个跟孩子分开了几年而愈来愈焦虑的母亲。孩子一直长大，年龄、文化和两地分隔的距离，使你强烈地感觉到"不认识"自己进入成年的儿子。我们共同找出来的解决问题方法，就是透过写信，而这些信，虽说是为了要处理你的焦虑的，一旦开始，也就好像"猛兽出闸"，我们之间的异议和情绪，也都被释放出来，浮上了表面。

这三年对话，过程真的好辛苦：一次又一次的越洋电话、一封又一封的电子邮件、很多个深夜凌晨的线上对谈、无数次的讨论和争辩——整个结果，现在呈现在读者眼前。你老是啰唆我的文字风格不够讲究，老是念念念"截稿期到了"，老是要求我一次又一次地"能不能再补充一点细节"。其实，有时候我觉得我写得比你好！

现在三年回头，我有一个发现。

写了三年以后，你的目的还是和开始时完全一样——为了了解你的成人儿子，但是我，随着时间，却变了。我是逐渐、逐渐才明白你为什么要和我写这些信的，而且，写了一段时间以后，我发现自己其实还蛮乐在其中的，虽然我绝对不动声色。

开始的时候，只是觉得自己有很多想法，既然你给我一个"麦克风"，我就把想法大声说出来罢了。到后期，我才忽然察觉到，这件事有一个更重大的意义：我跟我的母亲，有了连结，而我同时意识到，这是大部分的人一生都不会得到的"份"，我却有了。我在想：假使我们三年前没开始做这件事，我们大概就会和绝大多数的人一样只是继续过日子，继续重复那每天不痛不痒的问候：吃了吗——嗯，功课做了吗——嗯，没和弟弟吵架吧——没，不缺钱用吧——嗯……

三年，真的不短。回头看，我还真的同意你说的，这些通信，虽然是给读者的，但是它其实是我们最私己、最亲密、最真实的手印，记下了、刻下了我们的三年生活岁月——我们此生永远不会忘记的生活岁月。

在这里，因此我最想说的是，谢谢你，谢谢你给了我这个"份"——不是出书，而是，和你有了连结的"份"。

爱你的 Andi

2007.9.26

第 *1* 封信

十八岁那一年

亲爱的安德烈：

你在电话上听起来上气不接下气：刚刚赛完足球才进门，晚上要和朋友去村子里的酒吧聊天，明天要考驾照，秋天会去意大利，暑假来亚洲学中文，你已经开始浏览大学的入学资料……

"可是，我真的不知道将来要做什么，"你说，"MM，你十八岁的时候知道什么？"

安德烈，记得去年夏天我们在西安一家回民饭馆里见到的那个女孩？她从甘肃的山沟小村里来到西安打工，一天工作十几个小时，一个月赚两百多块，寄回去养她的父母。那个女孩衣衫褴褛，神情疲惫，脏脏的辫子垂到胸前。从她的眼睛，你就看得出，她其实很小。十六岁的她，知道些什么，不知道些什么？你能想象吗？

十八岁的我知道些什么？不知道些什么？

我住在一个海边的渔村里，渔村只有一条窄窄马路；上班上课的时候，客运巴士、摩托车、脚踏车、卖菜的手推车横七竖八地把马路塞得水泄不通，之后就安静下来，老黄狗睡在路中间，巷子里的母猪也挨挨挤挤带着一队小猪出来溜达。海风吹得椰子树的阔叶刷刷作响。海水的盐分掺杂在土里，所以，椰子树的树干底部裹着一层白盐。

我不知道什么叫高速公路。二十三岁时到了洛杉矶，在驶出机场的大道上，我发现，对面来车那一列全是明晃晃的白灯，而自己这条线道上看出去，全是车的尾灯，一溜红灯。怎么会这样整齐？我大大地吃惊。二十三岁的我，还习惯人车杂沓、鸡鸭争道的马路概念。

我不知道什么叫下水道。台风往往在黑夜来袭，海啸同时发作，海水像一锅突然打翻了的汤，滚滚向村落卷来。天亮时，一片汪洋，锅碗瓢盆、竹凳竹床漂浮到大庙前，鱼塭里养着的鱼虾也游上了大街。过几天水退了，人们撩起裤脚清理门前的阴沟。自沟里挖出油黑黏腻的烂泥，烂泥里拌着死鸡死狗死鱼的尸体。整条街飘着腐臭腥味。然后太阳出来了，炎热毒辣的阳光照在开肠破肚的阴沟上。

我没有进过音乐厅或美术馆。唯一与"艺术"有关的经验就是庙前酬神的歌仔戏。老人坐在凳子上扇扇子，小孩在庙埕上追打，中年的渔民成群地蹲在地上抽烟，音乐被劣质的扩音器无限放大。

渔村唯一的电影院里，偶尔有一场歌星演唱。电影院里永远有一股尿臊，糅着人体酸酸的汗味，电风扇嘎嘎地响着，孩子踢着椅背，歌星不断地说黄色笑话，卖力地唱。下面的群众时不时就喊，扭啊扭啊，脱啊脱啊。

游泳池？没有。你说，我们有了大海，何必要游泳池。可是，安德烈，大海不是拿来游泳的；台湾的海岸线是军事防线，不是玩耍的地方。再说，沙滩上是一座又一座的垃圾山。渔村没有垃圾处理场，人们把垃圾堆到空旷的海滩上去。风刮起来了，"噗"一下，一张肮脏的塑料袋贴到你脸上来。

我也不知道，垃圾是要科学处理的。

离渔村不远的地方有条河，我每天上学经过都闻到令人头晕的怪味，不知是什么。多年以后，才知道那是人们在河岸上焚烧废弃的电缆；我闻到的气味是"戴奥辛"的气味，那个村子，生出很多无脑的婴儿。

我不知道什么叫环境污染，不知道什么叫生态破坏。

上学的时间那样长，从清晨六点出门候车到晚上七八点天黑回家，礼拜六都要上课，我们永远穿着白衣黑裙，留着齐耳的直发。我不知道什么叫时尚、化妆、发型，因此也不知道什么叫消费。是的，我没有逛过百货公司。村子里只有渔民开的小店，玻璃柜里塞得满满的：小孩的袜子、学生的书包、老婆婆的内裤、女人的奶罩和男人的汗衫。还附带卖斗笠、塑料雨鞋和指甲刀。

我的十八岁，安德烈，是一九六九、一九七〇年的台湾。你或许惊讶，说，MM，那一年，阿波罗都上了月球了，你怎么可能这样完整地什么都"不知道"？

不要忘记一个东西，叫城乡差距。愈是贫穷落后的国家，城乡差距愈大。我的经验是一个南部乡下渔村的经验，和当时的台北是很不一样的。更何况，当时的台北也是一个闭塞的小城啊。全台湾的人口一千四百万，"国民"平均所得只有二百五十八美元。台湾，还属于所谓"第三世界"。

我要满十八岁的时候，阿波罗登上月球，美国和越南的军队侵入柬埔寨，全美爆发激烈的反越战示威，俄亥俄州有大学生被枪杀；德国的勃兰特总理上台，到华沙屈膝下跪，求历史的宽赦；日本赤军连劫机到了朝鲜而三岛由纪夫自杀。还有，中国大陆的"文革"正在一个恐怖的高潮。这些，我都很模糊，因为，安德烈，我们家，连电视都没有啊。即使有，也不见得会看，因为，那一年，我考大学；读书就是一切，世界是不存在的。

我要满十八岁的时候，台湾高速公路基隆到杨梅的一段才刚开始动工。"台独联盟"在美国成立，蒋经国遇刺，被关了近十年的雷震刚出狱，台南的美国新闻处被炸，我即将考上的台南成功大学爆发了"共产党案"，很多学生被逮捕下狱。保钓运动在美国开始风起云涌。

那一年，台湾的"内政部"公布说，他们查扣了四百二十三万件出版品。

但是这一切，我知道得很少。

你也许觉得，我是在描绘一个黯淡压抑的社会，一个愚昧无知的乡村，一段浪费的青春，但是，不那么简单，安德烈。

对那里头的许多人，尤其是有个性有思想的个人，譬如雷震、譬如殷海光——你以后会知道他们是谁，生活是抑郁的，人生是浪费的。可是整个社会，如果历史拉长来看，却是在抑郁中逐渐成熟，在浪费中逐渐累积能量。因为，经验过压迫的人更认识自由的脆弱，更珍惜自由的难得。你没发现，经过纳粹历史的德国人就比一向和平的瑞士人深沉一点吗？

那个"愚昧无知"的乡村对于我，究竟是一种剥夺还是给予？亲爱的安德烈，十八岁离开了渔村，三十年之后我才忽然明白了一件事，明白了我和这个渔村的关系。

离开了渔村，走到世界的天涯海角，在往后的悠悠岁月里，我看见权力的更迭和黑白是非的颠倒，目睹帝国的瓦解、围墙的崩塌，更参与决定城邦的兴衰。当价值这东西被颠覆、被渗透、被构建、被解构、被谎言撑托得理直气壮、是非难分的地步时，我会想到渔村里的人：在后台把婴儿搂在怀里偷偷喂奶的歌仔戏花旦、把女儿卖到"菜店"的阿婆、那死在海上不见尸骨的渔民、老是多给一块糖的杂货店老板、骑车出去为孩子借学费而被火车撞死的乡下警察、每天黄昏到海滩上去看一眼大陆的老兵、笑得特别开畅却又哭得特别伤心的阿美族女人……这些人，以最原始最真实的面貌存在我心里，使我清醒，仿佛是锚，牢牢定住我的价值。

那"愚昧无知"的渔村，确实没有给我知识，但是给了我一种能力，悲悯同情的能力，使得我在日后面对权力的傲慢、欲望的嚣张和种种时代的虚假时，仍旧得以穿透，看见文明的核心关怀所在。你懂吗，安德烈？

　　同时，我看见自己的残缺。十八岁时所不知道的高速公路、下水道、环境保护、政府责任、政治自由等等，都不难补课。但是生活的艺术，这其中包括品味和态度，是无法补课的。音乐、美术，在我身上仍旧是一种知识范围，不是一种内在涵养。生活的美，在我身上是个要时时提醒自己去保持的东西，就像一串不能遗忘的钥匙，一盆必须每天浇水的植物，但是生活艺术，更应该是一种内化的气质吧？它应该像呼吸，像不自觉的举手投足。我强烈地感觉自己对生活艺术的笨拙；渔村的贫乏，造成我美的贫乏。

　　而你们这一代，安德烈，知道什么、不知道什么？网络让你们拥有广泛的知识，富裕使你们精通物质的享受，同时具备艺术和美的熏陶。我看你和你的同学们会讨论美国入侵伊拉克的正义问题，你们熟悉每一种时尚品牌和汽车款式，你们很小就听过莫扎特的《魔笛》，看过莎士比亚的《李尔王》，去过纽约的百老汇，欣赏过台北的《水月》，也浏览过大英博物馆和梵蒂冈教堂。你们生活的城市里，有自己的音乐厅、图书馆、美术馆、画廊、报纸、游泳池，自己的艺术节、音乐节、电影节……

　　你们这一代简直就是大海里鲜艳多姿的热带鱼啊。但是我思索的是：在这样的环境中成长，你们这一代"定锚"的价值是什么？终极的关怀是什么？你，和那个甘肃来的疲惫不堪的少女之间，有没有一种关连？我的安德烈，你认为美丽的热带鱼游泳也要在乎方向吗？或者，你要挑衅地说，这是一个无谓的问题，因为热带鱼只为自己而活？

MM.

2004.5.12

为谁加油？

亲爱的安德烈：

　　不久前，五十个中国大陆的奥运金牌运动员到了香港，香港万人空巷地去迎接他们。朋友和我在电视新闻里看到这样的镜头，她一面吃香蕉一面说，"龙应台，德国队比赛的时候，你为他们加油吗？"

　　我想了想，回答不出来。德国，我住了十三年的地方，我最亲爱的孩子们成长的家乡，对于我是什么呢？

　　她不耐烦了，又问，"那——你为不为台湾队加油啊？"

　　我又开始想，嗯，台湾队……不一定啊。要看情形，譬如说，如果台湾队是跟——尼泊尔或者伊拉克或者海地比赛，说不定我会为后者加油呢，因为，这些国家很弱势啊。

　　朋友笑了，"去你的世界公民，我只为中国队加油。"

　　她两个月前才离开中国大陆。

　　为什么我这么犹豫，安德烈？是什么使得我看什么金牌都兴奋不起来？电视上的人们单纯、热烈，奋力伸出手，在拥挤得透不过气来的人堆里，试图摸到运动员的手，我想的却是：这五十个金牌运动员，在香港大选前四天，被安排到香港来做宣传，为"保皇党"拉票，他们自己清楚吗？或说，他们在乎吗？

　　你说，为台湾队加油的激情到哪儿去了？难道世界公民主义真的可以取代素朴的民族主义或者社群情感？怎么我对"民族"这东西感觉这么冷？从小到大，我们被教导以做中国人为荣，"为荣"和"为耻"是连在一起的。我当年流传很广的一篇文章叫做《中国人，你为什么不生气》，一位有名的前辈写的是《丑陋的中国人》，批判的都是我们自己。然后，随着"独立"意识的抬头，"中国人"这个词不"正确"了，不能用了。政治上，这不稀奇，任何"独立"的追求过程里，都会出现这种现象。但是，现在的台湾很尴尬，因为"独立"不"独立"还没有共识，文化的尴尬就常出现，譬如说，讲"勤俭是中国人的传统美德"或者"中秋和七夕蕴含着中国人的民族美学"时，你会句子讲一半就，嗯，卡住了，不知怎么讲完这个句子。因为，说"勤俭是台湾人的传统美德"，怪怪的，难道只有台湾人勤俭？说，"中秋和七夕蕴含着台湾人的民族美学"，怪怪的，好像偷了别人的东西似的。于是，有很多习惯性、概括性句子不能说了。前几天，在电视新闻里还看见一个台湾的"部长"，正要赞美工程人员的认真辛劳，他脱口而出"我们中国人——"然后一副要天打雷劈的样子，马上中途截断，改口"我们台湾人"。看他懊恼的样子，心里一定在掌自己的嘴巴。

我的"冷"来自哪里？老实说，安德烈，作为这个历史坐标点上的台湾人，"民族主义"使我反胃——不管它是谁的民族主义。你知道，一个被长年过度灌食某种饲料的人，见到饲料都想吐。我们都被灌得撑了，被剥夺的，就是一份本来可以自自然然、单单纯纯的乡土之爱，纯洁而珍贵的群体归属感。它一经操弄就会变形。

但是，有一个相反的东西却使我很清楚地看见自己的归属：耻感。当代表我的"总统"跑到国际的舞台上，耍的却是国内的政治斗争，我觉得羞耻。当台湾的商人跑到贫穷的国家访问，把钞票抛向空中让赤脚的孩子去抢，而他在一旁哈哈大笑，我觉得羞耻。当国际新闻报道台湾在中国大陆和东南亚的制造工厂如何不人道地虐待工人，我觉得羞耻。当台湾的"外交部长"在国际的舞台上说出不堪入耳的脏话（他说新加坡 licking the balls of China——这是最正确的翻译），我觉得羞耻。最让我觉得羞耻的，是读到台湾人如何虐待越南和中国大陆的新娘或泰国、印度尼西亚的劳工。

这份羞耻，使我知道我是台湾人。

美国出兵伊拉克那几天，我出席了一个宴会。宾客来自很多不同国家。有一个人被介绍时，主人随口加了一句，"斯蒂夫是美国人"。斯蒂夫一听，深深一鞠躬，说，"对不起"。他很认真地说，"对不起"。没解释他为什么这样说，但是大家仿佛都懂了。那是一种耻感。觥筹交错之间，一时安静下来。

我想，他大概也不会只要是美国队就疯狂喊加油吧。

我们这一代人，因为受过"国家"太多的欺骗，心里有太多的不信任，太多的不屑，太多的不赞成，对于所谓国家，对于所谓代表国家的人。

所以，十八岁的安德烈，请你告诉我，你，为德国队加油吗？"德国"对你意味着什么？德国的历史，它的土地、风景、教堂、学校，对你的意义是什么？你以马丁·路德、以歌德、以尼采、以贝多芬为荣吗？希特勒的耻辱是不是你的耻辱？你，还有你十八岁的朋友们，已经能自由地拥抱"德国"这个概念吗？或者，因为历史给了你们"过度肿胀的"罪感和耻感，押着你们远离"德国"这个概念，反而又造成另外一种不安和尴尬？

欧洲已经是深秋，森林都变金黄色了吧？我们这儿已是中秋了，海上的月光一天比一天亮。

喔，孩子，答应我，踢完球满头大汗时，不要直接吹风。

M.M.

2004.10.4

逃避国家

第 3 封信

MM：

　　记得两年前，我和朋友挤在法兰克福中心的"罗马广场"上——起码有
五千人挤进了那个小广场。我们用力挥舞手里一面巨大的国旗，五千人在等
候从韩国和日本参加世界杯足球赛回国的德国国家队。五千个人唱歌、鼓掌、
跳跃，有人流下眼泪。

　　在那之前的一个礼拜，我们守在广场上，大概也有一千多人，守在广场
上一个超大屏幕前，看决赛。所有的人都在喊，在唱，在哭，在笑。

　　这感觉好奇怪——好像突然之间，作为"德国人"是一件被容许的事。
更奇怪的，你竟然还可以流露出你的身份和你的感情来。

　　从哪里说起呢，MM？你知道爸爸是挺"爱国"的——你曾经不以为然；
而他的爱国，我想和爷爷有关。爷爷，他的父亲，随着德国部队在苏联战场
打过仗，而爸爸的叔叔，在从列宁格勒撤退的冰天雪地里失踪。所以我其实
受到爸爸某个程度的影响，可以说是"以德国为荣"的，但是因为纳粹的历
史，我很小很小的时候，就知道这种"荣"的情感是"错误"的，是不可以
流露出来的。你记不记得，我小学的时候就很喜欢看各种统计指标，每次看
到在什么指标上德国被列入世界前十名，就很高兴，甚至还包括什么"欠债
最多"前十名，我也觉得光荣，反正不懂。

　　所以从小，一方面在心里关心自己的国家，为德国骄傲，另一方面又要
表现得很冷漠、很不屑；像拔河一样，有一种紧张，要小心翼翼才能不说错

话。觉得德国是个不错的国家这种感觉是没有人敢显露、大家都要藏起来的。在别的国家你常看到国旗，德国很少；我们也没唱过国歌。我记得，MM，当你发现我们小学的开学典礼在教堂里举行，你大吃一惊，说，不是政教分离吗，怎么开学典礼在教堂举行？

我想过这问题，MM。那是因为，德国人逃避"国家"这个东西，以至于宗教都显得比较"安全"。逃避"政"，所以"教"就凸显了。

在这种与"国家"保持距离的文化和教育中长大，我看见它的优点：我们这一代人身上，真的很少很少爱国宣传的影响——政客要操弄我们太不容易了；当你对"国家"抱着一种不信任的态度的时候，你比较能够冷静地去分析它的问题所在。

可是最近几年，年轻人，我这一代人，对这种老是小心翼翼、老是低着头怕做错事说错话、老是要保持"政治正确"的行为和思维模式，开始觉得受不了了，烦了。很多年轻人开始说：为什么我不能跟别人一样？我要做我自己想做的，说我自己想说的，让我自由吧，我受够了——这包括，我还要努力假装"以身为德国人为耻"多久？

我不是社会学家，但是我觉得，世界杯足球赛对德国的集体意识有巨大影响。譬如说，在一九五四年的世界杯比赛里，德国出乎意料地赢了当时一直称霸的瑞士队。你想想一九五四年的德国人自信心多么低落，自我感觉多么坏啊，二战的失败和羞辱才结束没多久。这场比赛使德国人重新发觉，咦，我没那么烂，我竟然还可以啊。

这一两年来，我有个感觉，好像德国文化像浪头一样起来——我说的当然是流行音乐、时尚、电影等等通俗文化。好莱坞文化本来笼罩一切，但是最近，突然有好多德国电影，譬如《再见列宁》，还有《曼尼图的鞋子》，大

大走红。一群很年轻很杰出的德国演员，突然出现。还有流行音乐，本来只
听美国音乐的我们，也开始注意德国的创作了——

我得走了，因为练球的时间到了。不是我自己踢，每个星期六是我当教
练。你不要笑，MM，这群孩子足球员，我从他们四岁开始教，现在他们六岁
了，可爱死了，而且训练他们踢球能让我自己放松，忘记功课的压力。跟他
们一起使我很快乐，更何况，我觉得我对他们有责任呢。

给你"偷窥"一下我和一个美国朋友昨晚的网上交谈，你可能觉得有一
点意思。路易斯跟我同年，在波士顿读大一。

Andi

2004.10.5

路易斯——波士顿时间晚上六点半
安德烈——法兰克福时间凌晨一点半

路：昨晚，一个朋友还在说我们这一代好像很失落，怎么定义自己都不知道。二三十年代是"失落的一代"，四十年代是战争的一代，五十年代是"beatniks"，六十年代是嬉皮，七十年代是"funkies"，八十年代是"punk"（还有嘻哈），九十年代是"rap"，而我们是什么？

安：可是自己本来就不可能给自己下定义啊。
我们这一代缺乏叛逆、缺乏冒险，倒是真的。我们大多在舒适、有教养的家庭里长大，没有什么真正的痛苦或艰难，也就没什么真实的挑战……生活太安逸了，使我们找不到需要叛逆、可以冒险的东西——

路：我们怎么看自己——还是媒体在塑造我们怎么看自己？缺叛逆、缺冒险，会不会也是因为主流媒体只会报道不叛逆、不冒险的主流价值？美国媒体都是大财团控制的。

安：但是我们究竟能对什么叛逆或反抗呢？你们美国人可能有对象——你们有个布什总统，欧洲这边没有。

路：可是我们得找到自己的身份认同啊。不过，没有冲突，就找不到认同。

安：需要身份认同吗？

路：当然。

安：为什么？

路：因为……心理学家是这么说的。

安：我要知道"你"怎么说。

路：我觉得很重要。

安：为什么？

路：譬如说，我认识一个黑白混血儿，她卡在两个种族和文化之间，就很茫然。很多年轻人，为了要有归属感，就加入犯罪团体；即使是个犯罪团体，他也要有归属。

安：很糟的是，这个社会常常强迫你选边。

路：对。安德烈，我问你，做德国人是不是比较累？

安：不久前我去看一场国际足球赛。德国队踢进一球，群众跳起来，又唱又喊，我听见他们混声唱的是，"德国人，站起来！德国人，站起来！"我吓一大跳。其实他们唱的完全是一般比赛时加油的歌，譬如柏林跟法兰克福对决的时候，你可能唱"柏林人，站起来！"因为是国际比赛，所以"柏林人，站起来"自然就变成"德国人，站起来"，可是我当下却觉得，哇，很不习惯，浑身不自在。好奇怪。

路：你马上想到纳粹？

安：正是。

路：你们在学校里教很多纳粹那段历史？

安：从小学就教，教了又教，教了又教。
我问你，球赛散后，假如马路上晃过来五十个兴奋的美国人，大喊大唱"美国第一"、"美国万岁"的时候，你会想什么？

路：我会想，哼，典型美国人。
不过，英国球迷也会这样。

安：对。如果这样大喊大唱晃过来的——是五十个德国人呢？

路：……我明白你的意思了。

安：如果是五十个德国人在街上大唱"德国第一"、"德国万岁"，会把人给吓死，第二天可以上《纽约时报》了，对吧？

路：明白。

安：你怎么界定自己是"美国人"？

路：这太难答了。我不喜欢美国人。

安：那么你认同什么？

路：我认同我的同代人，和国籍无关。

安：那么有哪些特质使你的这一代人是"美国人"呢？
世界第一强国的年轻人，怎么理解他自己，还有他跟这个世界之间的关系？

路：我其实跟美国文化很疏离。朋友里头关心政治的很少很少。他们说他们反对布什，事实上那样说也只是为了表现自己"酷"。反布什是流行的。年轻人每个都反，除非你是个基督徒或是好战主义者。

安：你是说，年轻人不知道要跟什么价值去认同？

路：美国是强国，强国的意思就是我们可以对政治、经济、国际情势一概不知道，反正承受得起，天塌下来有人撑着。我觉得美国青年的悲哀就是这个，我们对世界完全淡漠，只关心自己的小圈子。

安：嗯，这恐怕是所有富国的共同特征吧。

读者来信

- -

龙老师：

　　读安德烈对于认同的描述，我很震惊，原来认同是这么复杂的一件事，像剥洋葱一样，你可以一层一层往里面剥而一直看不到最核心。你说，"我们这一代人，因为受过'国家'太多的欺骗，心里有太多的不信任，太多的不屑，太多的不赞成"，也使我震动。在香港殖民地长大，我对"国家"有过任何信任吗？

　　来美国近两年了。这里的人，绝大多数分不清中国大陆人、香港人、台湾人的差别。但是正因为离开了香港，我更清楚地感觉到自己是香港人的这种身份。一九九七之前，我应该是英国人，但我不觉得自己是英国人；九七之后，我应该是中国人，但我不觉得自己是中国人。最有意思也是最令人迷惑的是，现在的港人对香港的认同可能是有史以来最强烈的，但我们却是个没有"国"的概念的人。

　　有没有"国"是一件事，你对政策有没有决定权是另一件事。香港人没把这两件事并起来谈，因为，不敢谈。要谈下去，就变成谈"独立"了。

　　我变了。看见我无法认同的事情在香港发生，我不作声。想对一个可憎的白人说声"干"，我礼貌地不说。我明明看见问题所在，却保持静默——这真的不是原来的我。我讨厌这样的自己。

A. M

第 4 封信

年轻却不清狂

MM：

　　信迟了，因为我和朋友们去旅行了三个礼拜。不要抱怨啦，儿子十八岁了还愿意跟你写信，你也应该够满足了，尤其你知道我从小就懒。好，跟你报告一下我的生活内容吧，也免得你老啰唆说我们愈来愈疏离。

　　可我马上陷入两难：我们去了地中海的马耳他岛和巴塞罗那，但我真的能告诉我妈我们干了什么吗？你——身为母亲——能不能理解、受不受得了欧洲十八岁青年人的生活方式？能，我就老老实实地告诉你：没错，青春岁月，我们的生活信条就是俗语所说的，"性，药，摇滚乐"。只有伪君子假道学才会否定这个哲学。

　　德语有个说法：如果你年轻却不激进，那么你就是个没心的人；如果你老了却不保守，那么你就是个没脑的人。

　　我接到一封读者来信。一个十八岁的香港女生问我时间是怎么花的，我读什么书、想什么议题、朋友相聚时讨论什么话题等等。我吓一跳，嘿，她真以为我是个虚矫的知识分子？我当然偶尔会去思考一些严肃的大问题——一个月里有五分钟吧，当我无聊得要死的时候……

　　好啦，我在夸张啦，但是我要夸张你才会明白十八岁是怎么回事。刚刚我才从咖啡馆回来；我们在咖啡馆里谈得最热烈的大半是身边的小世界、朋友之间发生的芝麻蒜皮。我们当然也辩论政治和社会议题——譬如我今晚就会去看《华氏九一一》，朋友们一定也会各有看法，但是我们的看法都是很肤浅的，而且，每个人说完自己的想法也就够了，不会太认真。

周一到周五每个人都忙：足球、篮球、舞蹈，每个人疯的不一样。德国学制每天下午三点就放学了，下午的时间各管各的。我是个足球狂：一周三个下午踢球，加上一次自己做教练，教六岁的小鬼踢球。每个周末又都有巡回球赛，所以我的生活里足球占了最高比例。功课不需要花太多时间。

其他，就是跟朋友磨混，尤其是周末，我们不是在朋友家里就是在咖啡馆或小酒馆里喝酒聊天，烂醉的时候就用瓶子把酒馆砸个稀烂，或者把随便什么看不顺眼的人揍个鼻青脸肿⋯⋯

怎么样，又吓到你了吧？（我知道你会真信呢，MM，你真的是"小红帽"，没办法！）好，说正经点，有些事，是十四岁到十六岁的小家伙想尝试的，譬如喝酒（所以，小心看着你的老二菲力普），而我们已经到一个程度，觉得酗酒而醉是难堪之至的事了。我有时候会喝醉，譬如在马耳他，相处九年的好朋友们要各奔西东了，我们就都喝醉了，但是⋯⋯你要我提非洲纳米比亚的某一晚吗？我认识一个华文作家，在纳米比亚的酒店里喝醉了，醉得当场敲杯子唱歌，还要把餐厅的杯盘碗碟刀叉全部用桌巾卷起来带走⋯⋯那个人你记得吗？你大醉的那年我才十岁，可是至今难忘呢。

我不是在为饮酒辩护，我是说，欧洲的饮酒文化，可能和亚洲不太一样。你知道饮酒时的碰杯怎么来的吗？中世纪时，如果你要害死一个你恨的人，你就在他喝的啤酒里下毒。很多人是这样被毒死的。所以就开始流行碰杯，厚厚的啤酒杯用力一碰，啤酒花溅到别人杯里，要死就跟对方一起死。同时，一起喝啤酒，碰杯，醉倒，表示你信任坐在你身边的人，渐渐地就变成社会习俗了。讲了这么长的"前言"，其实是想告诉你，MM，对于年轻人饮酒，我觉得做父母的不需要过度紧张。

到马耳他岛是我们的毕业旅行，十个男生，十个女生，一个老师。这个岛其实蛮无聊的，对我们重要的只是朋友的相处，而且，因为朝夕相处而得到不同角度的认识。白天，老师陪着我们看古迹，晚上，他就"下班"了。十八岁的人，自己为自己的行为负责。有几个下午，我们懒懒地围在游泳池畔，听音乐，喝啤酒，聊天。晚上就到酒馆里晃。老街很窄，挤满了欧洲各国的人。

巴塞罗那比较有意思。我们是五个人，租了一个公寓，一整个星期只要五百欧元，放下行囊就出去逛了。那么多的广场，围绕着广场都是美丽得惊人的建筑，不论古典或是现代的，都那么美，雕塑也是。每天我们都在用脚走路，细细发掘这个城市。我觉得巴塞罗那是我所走过的最美的城市之一，而我走过的城市还真不少了。

有一天晚上，我们和一个在美国认识的朋友碰面，她是委内瑞拉人，在巴塞罗那读书。她就带着我们走遍了老街老巷。这就是欧洲的美好之处：往任何一个方向飞两个小时，你就进入一个截然不同的文化。在美国就不行了，飞到哪都千城一面。

你呢，MM？在匮乏的年代里成长，你到底有没有"青少年期"？你的父母怎么对你？你的时代怎么看你？十八岁的你，是一个人缘很好的女生？还是一个永远第一名的最让人讨厌的模范生？一个没人理睬的边缘人，还是最自以为是的风纪股长？

Andi

2004.10.25

电子邮件

收件人：Andreas
寄件人：Lung Yingtai
主　题：urgent（紧急）

安德烈，请你告诉我，
你信中所说"性、药、摇滚乐"是现实描述还是抽象隐喻？
尽速回信。

MM

· · · · · ·

收件人：Lung Yingtai
寄件人：Andreas
主　题：Don't panic（别紧张）

MM：

　　能不能拜托拜托你，不要只跟我谈知识分子的大问题？生活里还有最凡俗的快乐："性、药、摇滚乐"当然是一个隐喻。我想表达的是，生命有很多种乐趣，所谓"药"，可以是酒精，可以是足球或者任何让你全心投入、尽情燃烧的东西。我想从弗洛伊德开始，我们就已经知道人类是由直觉所左右的。"摇滚乐"不仅只是音乐，它是一种生活方式和品味的总体概念：一种自我解放，不在乎别人的眼光，自由自在的生活，对不可知的敢于探索，对人与人关系的联系加深……

安

对玫瑰花的反抗

安德烈：

　　读你的信，感觉挺复杂。想起跟你父亲在美国初识的时候，听他谈自己的旅行。十八岁的他，也是和一两个留着长发、穿着破牛仔裤的朋友，从德国一路 hitchhike 横过整个欧洲，到土耳其和希腊。那是欧洲的一九六八年，学生运动兴起、嬉皮文化焕发的时代。

　　他提到在语言不通的国度里，发生车祸后的一团混乱；提到在西班牙设法勾引天主教堂里做弥撒的女孩；提到在一毛钱都没有的状况下，如何到希腊的农家里骗到一顿饭；提到在稻草堆里睡觉，看捷克的夜空里满天沉沉的星斗。

　　那时我二十三岁，刚从台湾到美国，很震惊为什么欧洲的青年人和台湾的青年人世界那么不一样。他们为什么显得没有任何畏惧，背起背包就敢千里闯荡？他们为什么满脑子都是玩，懂得玩、热爱玩、拼命玩？他们的父母难道对他们没有要求，要求他们努力读书，出人头地；他们的学校难道对他们没有期待，期待他们回馈社会，报效国家？我们当然也玩，但是所谓玩，是在功课的重压之余，参加"救国团"所设计的有组织的"自强活动"。"救国团"，就是和东德共产党的"青年团"一样的东西，其实是爱国爱党教育的延伸机构。你懂吗？我们的"玩"，叫做"自强"。含意就是，透过"玩"去建立强壮的体魄、强悍的意志，目的是"救国"。我们的"玩"都是为了救国。

　　"玩"，就是一圈人围起来，唱歌、跳舞，玩大风吹或者躲猫猫，一起拍手或一起跺脚，做集体划一的动作。幼稚园的孩子们做的游戏，大学生一样起劲地做。"群育"的概念藏在我们的"玩"后头，教我们从集体行动中寻找安全和快乐。

所以主要还不是物质匮乏的问题；一个欧洲青年和一个台湾青年当时最主要的差别在于，前者的个人思维和后者的集体思维。脱离集体是一件可怕的、令人不安的事情。更何况，我们被教导，个人是为了集体而存在的：读书求学固然是为了国家的强盛，"玩"，也同样是在达成一个集体的意志。

纳粹时期的德国孩子、共产时期的东德孩子，也是这么长大的；朝鲜的孩子也是。台湾不是共产国家。可是，并非只有那类国家才操弄集体主义，法西斯也是。

然而你爸爸那一代青年，是天生的自由自在吗？他们的父母，你的祖父母那一代人，不就在法西斯的集体意识里过日子的吗？也就是说，你爸爸和我所源出的背景其实是相像的，但是一九五〇年代的西德在美国的扶持下逐步走向民主，台湾在美国的扶植下，有时差，民主要到八十年代末才出现。一九六八年的欧洲青年向权威挑战，向上一代人丢石头，我的一代人那时还在上爱党爱国教育，玩群体游戏唱"团结团结就是力量"。

我记得一个西柏林教授曾经告诉我，一九六八年的一代很多人会有意识地拒绝在阳台上种父母那一代人喜欢的玫瑰、牡丹、大朵杜鹃等等，反而比较愿意去种中国的竹子。玫瑰花象征了中产阶级所有保守的价值观——为集体效力、刻苦向上、奋发图强、按部就班……而遥远的、非本土的竹子，就隐隐象征了对玫瑰花的反叛。父母在花园里细心呵护每一朵玫瑰，那时中国的"文革"正如野火焚山一样在遥远的东方狂烧，奔放的激进主义令年轻人着迷。"性、药、摇滚乐"是在那样一个背景下喊出来的渴望。

　　一九六八年的一代人做了父母，做了教师，仍然是反权威的父母和主张松散、反对努力奋发的教师，我的安德烈就在这样的教育气氛中长大。你的"懒散"，你的"拒绝追求第一名"哲学，你的自由宣言和对于"凡俗的快乐"的肯定，安德烈，是其来有自的。如果说你父亲那一代的"玩"还是一种小心翼翼的尝试，你们的"玩"就已经是一种自然生态了。

　　我反对吗？我这"复杂深沉、假里假气"从来没学会"玩"的知识分子要对你道德劝说，拿《蟋蟀和工蚁》的故事来警戒你吗？做母亲的我要不要告诉你，在全球化的竞争中，儿子，你一定要追求"第一名"，否则无法立足？

　　我考虑过的，安德烈。但我决定不那么做。

　　譬如你说你特别看重你和朋友同侪相厮守相消磨的时光。我不反对。人生，其实像一条从宽阔的平原走进森林的路。在平原上同伴可以结伙而行，欢乐地前推后挤、相濡以沫；一旦进入森林，草丛和荆棘挡路，情形就变了，各人专心走各人的路，寻找各人的方向。那推推挤挤同唱同乐的群体情感，那无忧无虑无猜忌的同侪深情，在人的一生中也只有少年期有。离开这段纯洁而明亮的阶段，路其实可能愈走愈孤独。你将被家庭羁绊，被责任捆绑，被自己的野心套牢，被人生的复杂和矛盾压抑，你往丛林深处走去，愈走愈深，不复再有阳光似的伙伴。到了熟透的年龄，即使在群众的怀抱中，你都可能觉得寂寞无比。

　　"少年清狂"，安德烈，是可以的。

　　至于"玩"，你知道吗，我觉得不懂得"玩"，确实是一种缺点。怎么说呢？席慕蓉阿姨（记得吗？那个又写诗又画画的蒙古公主）曾经说，如果一个孩子在他的生活里没接触过大自然，譬如摸过树的皮、踩过干而脆的落叶，她就没办法教他美术。因为，他没第一手接触过美。

中国有一个我非常欣赏的作者，叫沈从文，他的文学魅力，我觉得，来自他小时逃学，到街上看杀猪屠狗、打铁磨刀的小贩，看革命军杀人、农民头颅滚地的人生百态。在街上撒野给予他的成熟和智慧可能远超过课堂里的背诵。

你小的时候，我常带你去剧场看戏，去公园里喂鸭子，在厨房里揉面团，到野地里玩泥巴、采野花、抓蚱蜢、放风筝，在花园里养薄荷、种黄瓜，去莱茵河骑单车远行。现在你大了，自己去走巴塞罗那，看建筑，看雕塑。安德烈，我和席慕蓉的看法是一致的：上一百堂美学的课，不如让孩子自己在大自然里行走一天；教一百个钟点的建筑设计，不如让学生去触摸几个古老的城市；讲一百次文学写作的技巧，不如让写作者在市场里头弄脏自己的裤脚。玩，可以说是天地之间学问的根本。

那么，我是否一点儿也不担心我的儿子将来变成冬天的蟋蟀，一事无成？骗鬼啊？我当然担心。但我担心的不是你职业的贵贱、金钱的多寡、地位的高低，而是，你的工作能给你多少自由？"性、药、摇滚乐"是少年清狂时的自由概念，一种反叛的手势；走进人生的丛林之后，自由却往往要看你被迫花多少时间在闪避道上荆棘。

可是你十八岁了，那么自己为自己负责吧。

2004.11.1

FEB 16 2003

一切都是小小的

MM：

我觉得你呀，过度紧张。记得夏天我们在新加坡会合，有一天早上，弟弟还睡着，我一醒来你就挨过来跟我说话，抱怨我"不爱"你啦，玩得太多啦，念书不够认真什么什么的，记得吗？你自己也知道其实你自己有问题——不懂得生活的艺术。就拿我们的通信来说吧。两个礼拜前你就开始"写了没有？"不停地问。老天，我知道今天是截稿日，那么我就今天坐下来写，但是我的写，是一边听音乐、一边和朋友写 MSN、一边写信给老妈。我希望"写"的本身是个好玩的、愉快的过程，而不是工作压力。你呢，却足足烦了我两个礼拜。

我想，这是个生活态度的问题。"人生苦短"你总听过吧？

年轻人比你想象的，MM，要复杂得多，我觉得。

让我用音乐来跟你说说看。

譬如，"狂放的"二十年代，jazz 和 swing 流行，所有的人都在跳 Charleston。五十年代的代表作是叛逆性极强的摇滚乐，而新的一代等待崛起。然后，来了六十年代，披头士的狂热引领风潮，Flower Power, Woodstock, Hippies and making babies。

接着就越来越复杂了。八十年代分流成 poppers 跟 rockers；Michael Jackson 和 Madonna 的文化意涵远远超过仅仅是一个歌手。九十年代已经有多元混合：rap, techno, boyband pop……然后现在呢？已经是二十一世纪，当你看一眼德国的排行榜前十名的时候，你会很惊异地发现里头有德国 pop，美国 pop，techno，德国摇滚，美国摇滚，另类音乐，拉丁音乐和 salsa……甚至有古典的歌曲。

你听不懂我的意思对不对？我们的代沟就在这里：我上面所说，没有一句我的同侪听不懂，而且，我想要表达的是什么，他们根本不需解释。

好，让我解释给你听。MM，从今天排行榜的多元和分众分歧你就知道，我们这个年龄的人啊，每个人都在走自己的路，每个人都在选择自己的品味，搞自己的游戏，设定自己的对和错的标准。一切都是小小的、个人的，因为，我们的时代已经不再有"伟大"的任何特征。

你看电视里老是在讨论或总结逝去的六十、七十、八十年代，好像天底下所有的事情都已经发生过了，所有的"伟大"都被"做过"了。看那些节目，你难免觉得，这个社会不知为什么对过去充满怀念，对现在又充满幻灭，往未来看去似乎又无法找到什么新鲜的想象。我们的时代仿佛是个没有标记的时代，连叛逆的题目都找不到。因此我们退到小小的自我。

所以，我其实并不同意你所写的，说我们是六八年代的"后裔"，所以特别叛逆或"清狂"、放荡。你不了解我们，MM。你知道吗，我们其实是很"保守"、很"乖"的一代。你想想，有什么大事能让我们去冲撞，什么重要的议题让我们去反叛呢？我们这一代能做的决定都不过是些生活里的芝麻小事罢了。你说"清狂"，我是挺"懒惰"的没错，但我大部分的同学可是非常"勤奋向上"的喔。很多人早就计划好明年夏天毕业了之后要去哪里实习，有些甚至已经知道将来要读博士了。老师们也很紧张，给我们极大的压力。从现在到明年毕业前，我们每个礼拜都有考试。德国失业率如此之高，年轻人其实战战兢兢，几乎到了"谨小慎微"的地步，他们太知道，没有好的教育就得不到好的工作机会，人生毕竟不是一场没完没了的 party。

而我，有多爱玩呢？即使是旅行，够了也就够了。新鲜的地方，新奇的经验，也会让人疲倦。这时你就只想蜷在自己房间里安安静静地看一张光盘，或者和一两个好朋友坐下来喝杯饮料、聊聊天。MM，我不是个兽性发达的叛逆少年，所以请不要下断语"评断"我。

问我，瞭我，但是不要"判"我。真的。

我喜欢这首歌：

> 我想狂奔一番，在学校里
> 我想嘶吼一番，用我的肺
> 我刚发现　这世上
> 没有真实世界这回事
> 只有谎言
> 迫使你设法穿越
> ——John Mayer《没这回事》

Andi

2004.11.15

电子邮件

- -

收件人：MM

寄件人：LTD

主　题：错字？

- -

　　您用"清狂"一定有出处。"轻狂"是我们知道的。是否我们有所不懂？每次最爱读的是您的感性理性中西交汇大作。谢谢。

LTD　波士顿

· · · · · ·

收件人：LTD

寄件人：MM

主　题：不是错字

- -

　　谢谢来信。"轻狂"含举止轻佻之意；"清狂"则谓"放荡不羁"。杜甫《壮游》诗："放荡齐赵间，裘马颇清狂。"《文选》，左思《魏都赋》："仆党清狂。"苏东坡诗"老夫聊发少年狂，左牵黄，右擎苍"，我相信他想的也是"清狂"非"轻狂"。

MM

收件人：MM
寄件人：YU
主　题：想了解

　　我让女儿读您和安德烈的通信，然后在饭桌上有很多讨论和激辩。谢谢您给了我们母女彼此沟通感情的机会。但我很渴望知道一点安德烈的成长背景以便正确地理解一些文化分歧。譬如，他用什么语言和您说话？用什么文字和您写信？他在哪里长大？他现在在哪里？他是个高三学生吗？太喜欢你们的对话了，带给我好多感动。

YU　上海

· · · · · ·

收件人：YU
寄件人：MM
主　题：中文很烂

　　安德烈在台北出生，八个月大牙没长好就迁到欧洲，在德国长大。他和父亲及朋友交谈用德语，和母亲及母亲的朋友们谈话用汉语，但是我们的通信以英文进行。现在我们分隔两地，他在德国，我住香港。他是个"高四学生"，因为德国高中多一年。

MM

收件人：安德烈
寄件人：ＶＶ
主　题：酷啊

- -

嗨，安德烈：

　　我爷爷读了你和你妈的通信，兴奋得要死，强迫我也读。我生下来就以为"服从"是唯一"好玩"的东西，但是在最近一两年里开始挣扎着寻找什么是我真正爱做的事情。你的信让我更接近目标一步。我其实没想到你竟然能把我们青少年"公开的秘密"这样诚实又清楚地掀开。老实告诉你，我早就计划要离家出走，走到谁都找不到我的地方，是啊，"性、药、摇滚"，酷！

ＶＶ

· · · · · ·

收件人 : V V

寄件人 : 安德烈

主　题 : 别夸张

　　嘿，我们也不必太夸张吧？年轻当然好玩，跟朋友旅行，整夜 party，甚至喝醉。可是，老兄，你别忘了，这世上任何事都紧跟着一个东西叫"后果"跟"责任"，不能不面对的。别以为那么简单。

　　但是我完全瞭你的感觉。有时候就是要放开，就是得他妈的顿时解放。

Carpe diem，安德烈

第 7 封信

有没有时间革命？

安德烈：

这世上／没有真实世界这回事／只有谎言／迫使你设法穿越

这歌词，很触动 MM。在一个十八岁的人的眼中，世界是这样的吗？

带着困惑，我把自己十八岁的日记从箱子里翻了出来。三十四年来，第一次翻开它，陈旧的塑料皮，暗绿色的，上面刻着"青年日记"四个字。纸，黄黄的，有点薄脆。

蓝墨水的字迹，依然清晰，只是看起来有点陌生。一九七〇年，穿着白衣黑裙读女校的 MM，正在日日夜夜地读书，准备夏天的大学联考。

今天发了数学考卷。我考了四十六分。

明天要复习考，我会交几张白卷？说不出是后悔还是什么，或者我其实根本无所谓？大学究竟是怎样的一个世界，要我们为它这样盲目地付出一切？

我能感觉苦闷，表示我还活着，但是为什么我总觉得找不到自己？原来这就叫"迷失"？

我想要嚎啕大哭，但我没有眼泪。我想要逃走，但我没有脚。我想要狂吼，但我没有声音。

日子，我好像死在你阴冷的影子里。

生存的意义是什么？生存的游戏规则是谁在订？

我能不能"叛变"？

这一页纸上好几行字被水渍晕染了，显然是在泪眼模糊之下写的。与这一页并排摊开的是日记本的彩色夹页，印着一篇励志的文章，《笃守信义》。前半段讲孔子的"民无信不立"——治理一个国家，万不得已时可以放弃军事，再不得已时可以放弃经济，但是人民的信任不能缺少。下半段说：

有一种主义最显著的特点，就是把信义完全抛弃……所谓和平，指的是战争；所谓友好，指的是侵略；所谓民主，指的是奴役……这种主义实为有史以来最大的骗局。在人类历史上，从来没有这么多的人，为这么少的人所欺骗。可是，光明终可消灭黑暗，信义终可战胜虚伪。

我在想，那个时候的成人世界，有多少人"问"我、"瞭"我，而不"判"我？那个时候的世界，有多少"真实"让我看见，有多少"谎言"我必须"穿越"？

恐怕每一代的年轻人都比他们的父母想象的要复杂、要深刻得多。我不会"判"你，安德烈，我在学习"问"你，"瞭"你。成年人锁在自己的惯性思维里，又掌握订定游戏规则的权力，所以他太容易自以为是了。"问"和"瞭"都需要全新的学习，你也要对 MM 有点儿耐心。鼓励鼓励我吧。

今天菲力普放学回来，气鼓鼓的。早上他带着 iPod 到学校去，坐在教室外头用耳机听音乐，等候第一堂课的铃响。一个老师刚好经过，就把他的 iPod 给没收了。东西交到级主任那里，说要扣留两个礼拜。

　　我们在厨房里，我在弄午餐给他吃，他忿忿地说："八点不到，根本还没上课，老师都还没来，为什么不可以听？"

　　"先不要生气，"我说，"你先去弄清楚学校的规定白纸黑字是怎么写的？如果写的是'上课'时不许，那么你有道理；如果规定写的是'在学校范围内不许携带'，那你就没话说了，不是吗？"

　　他马上翻出了校规，果然，条文写的是"不许在学校范围内"。好啦，没戏唱了。

　　他服气了，顿了一会儿，又说，"可是这样的规定没道理。"

　　"可能没道理，"我说，"你也可以去挑战不合理的校规。可是挑战任何成规都要花时间，所以问题在于，你想不想为这一件事花时间去挑战权威？"

　　他想了一下，摇摇头。小鬼已经知道，搞"革命"是要花时间的。他踢足球的时间都不够。

　　"可是，"他想着想着，又说，"哪一条条文给他权力把我的东西扣留两周？有白纸黑字吗？而且我常常看见同学听，也没见老师'取缔'啊。"

　　没错啊，有了法律之后，还得有"施行细则"或者"奖惩办法"，才能执行。校规本子里却没有这些细则，执行起来就因人而异，他的质疑可是有道理的。

　　"而且，这个级主任很有威权性格，"他说，"他的口头禅就是——唉呀照我说的做就是了，别跟我啰唆问理由。我觉得他很霸道。MM，你觉得做老师的应该用这样的逻辑跟学生沟通吗？"

　　"不该。这种思维的老师值得被挑战。"我说。

　　"你知道，MM，我不是为了那个随身听，而是因为觉得他没有道理。"

　　"那……"我问，"你是不是要去找他理论呢？"

他思索片刻，说，"让我想想。这个人很固执。"

"他会因为学生和他有矛盾而给坏的分数吗？"

"那倒不会。一般德国老师不太会这样，他们知道打分不可以受偏见影响。"

"那……你会不会因为'怕'他而不去讨道理呢？"

"不会。"

"那……你希望我去和他沟通吗？"

"那对他不太公平吧。不要，我自己会处理。"

这就是那天在厨房里和菲力普的对话。安德烈，你怎么处理冲突？对于自己不能苟同的人，当他偏偏是掌握你成绩的老师时，你怎么面对？从你上小学起，我就一路思考过这个难题：我希望我的孩子敢为自己的价值信仰去挑战权威，但是有些权威可能倒过来伤害你，所以我应该怎么教我的孩子"威武不能屈"而同时又懂得保护自己不受伤害？这可能吗？

那天，一面吃炸酱面，一面我是这么告诉十五岁的菲力普的：你将来会碰到很多你不欣赏、不赞成的人，而且必须与他们共事。这人可能是你的上司、同事，或部属，这人可能是你的市长或国家领导。你必须每一次都做出决定：是与他决裂、抗争，还是妥协、接受。抗争，值不值得？妥协，安不安心？在信仰和现实之间，很艰难地找出一条路来。你要自己找出来。

你呢，安德烈？你小时候，球踢到人家院子里都不太敢去要回来，现在的你，会怎么跟菲力普说？

M.M.

2004.12.8

又：我去征求菲力普的同意写这个故事，他竟然很正经地说，他要抽稿费的百分之五。这家伙，很"资本主义"了。

第 8 封信

我是个百分之百的混蛋

MM：

　　我在前封信里说，我觉得在我们这个时代里，好像没什么好"反叛"的。昨天我去看了场电影，想法有点改变。

　　这个德国片子叫做《好日子过去了》。三个年轻人，觉得社会很不公平，想继续七十年代德国左派"赤军连"的革命精神。只不过，"赤军连"用暴力试图去实现他们的理想，这三个人想用非暴力的方式。他们闯进富人的豪宅，但是不拿东西也不破坏，只是把豪宅里的家具全部换位，然后留下一张纸条，"好日子过去了！"他们"恐吓"富人的意思是："再多的钱也帮不了你们，我们进来了。"

　　三个人之一用自己的破车曾经撞到一个富人的奔驰车，所以欠了一笔修车赔款。有一天夜里，发现他们所闯入的豪宅正巧是这名奔驰车主的家，正巧他们又被这个人撞见、认出了。所以他们不得已只好将这人"绑走"，也就是说他们成了"绑匪"。

　　躲在阿尔卑斯山的破木屋里，几个人开始交谈。他们发现这名富人竟然也曾经是个六七十年代的"愤怒青年"，曾经充满改造社会的理想和斗志。三个人逐渐反省，觉得他们的"绑架"行为其实不符合他们所立下的理念，想把人放走；而被绑者回忆起自己的"愤怒"岁月，也表示不会报警，而且债也不要讨了。

　　但是富人一回到自己熟悉的环境，却改变主意，马上报了警。警察循线追到了三人的住处，发现已经搬空，只留下一张纸条，上面写着："有些人，永远变不了。"

电影的最后是这三个人闯进一个电视台，把频道关闭。他们认为电视是愚民最彻底的工具。

这是一个关于阶级跟贫富差异、社会公义的电影。

我是和老爸一起去看这电影的。老爸开着 BMW745 的车，我穿着一件 Ralph Lauren 的白衬衫，我们住的小镇，是全德国平均收入最高的小镇——那我不正是这电影中的"坏人"吗？世界上有那么多人在饿死的边缘，我们开豪华的车是不是不道德？有些人做一天的工还赚不够吃的，而我只是上学，什么工都不必做，生活舒服得像个小王子一样，我可不可以心安理得呢？我也知道，电视在操纵、玩弄人的思维和价值观，但是我继续坐在那里看电视。我也知道，物质满到一个程度，就失去意义，但是我仍旧享受物质的满。

这个世界，是不是真的没有什么值得"反叛"的东西了呢？这个社会是不是真的，如我前封信所说的，没有什么不公不义值得我们去"革命"，没有什么理想和价值值得我们去行动呢？

我想是有的，还是有的。

好，那我能干什么？电影中三个革命者之一说，他完全看穿了这个虚拟的 Matrix（模型）一样的社会体制，而他拒绝与这个虚假的 Matrix 共存，所以他采取了行动。我呢？我只能看得出这个虚拟的结构的一部分，而且我还能忍受它——或许因为我闭上了眼睛，因为我不愿意看见问题，不愿意看见问题，问题就变得抽象。我的解决方案就是对问题视若无睹，假装看不见——如果我能把思想关掉更好。

但是，如果我决定把眼睛打开，看见世界的不公不义，我能怎么做呢？

我活在一个民主社会里，说是资讯开放，价值多元，电视、网络、报纸，每天都在影响我，但是，当你真正想要知道你能做什么的时候，他们告诉你，嘿，你要自己决定，因为这是民主。

前面当我在谈年轻人的自由的时候，我接到很多读者来信（对我来说是"很多"），他们似乎都有同感，就是，这个世界没什么好"反叛"的了。但是这个电影却好像提醒了我，世界上那么多不公正存在，怎么可能没有"反叛"的需要？所差的只不过在于你是否愿意看见，是否愿意站起来，行动不行动而已。

最后我就不得不问我自己：那么你是不是要决定"站起来"，去"行动"？

我真的认真地想了这个问题，然后，MM，我必须诚实地告诉你我的自我发现，你就当它是"忏悔录"吧。

我发现：是，我知道中国大陆的妇女在极不人道的工作环境里，为耐克做苦工，但我不会因而不买耐克的运动鞋。我知道麦当劳为了生产牛肉大面积破坏了南美的原始森林，而他们的老板口袋里塞满了钱，但我不会因而不去吃麦当劳。我知道非洲很多孩子死于营养不良，但我不会因而勉强自己把每一餐饭的每一个盘子舔干净。换句话说，我发现我是个百分之百的混蛋（asshole）。

我是一个"日子过得太好"的年轻人，狠狠打我几个耳光也不为过，但是至少，我清楚看见自己的生存状态，而且至少，我并不以我的生存状态为荣。

现在，MM，我好奇你会怎么说呢？

Andi

2004.12.12

两种道德

第 9 封信

安德烈：

在给你写信的此刻，南亚海啸灾难已经发生了一个星期。我到银行去捐了一笔款子。菲力普的化学老师，海啸时，正在泰国潜水，死了，留下一个两岁的孩子。我对这个年轻的老师还有印象，是汉堡人，个子很高，眼睛很大。菲力普说他教学特别认真，花很多自己的时间带学生做课外活动。说话又特别滑稽有趣，跟学生的沟通特别好，学生觉得他很"酷"，特别服他。我说，菲力普，给他的家人写封信，就用你的话告诉他们他是个什么样的老师，好不好？

他面露难色，说，"我又不认识他们。"

"想想看，菲力普，那个两岁的孩子会长大。再过五年他七岁，能认字了，读到你的信，知道他父亲曾经在香港德瑞学校教书，而他的香港学生很喜欢他，很服他——对这个没有爸爸的孩子会不会是件很重要的事？"

菲力普点点头。

安德烈，我相信道德有两种，一种是消极的，一种是积极的。

我的消极道德大部分发生在生活的一点一滴里：我知道地球资源匮乏，知道20%的富有国家用掉75%的全球能源，所以我不浪费。从书房走到厨房去拿一杯牛奶，我一定随手关掉书房的灯。离开厨房时，一定关掉厨房的灯。在家中房间与房间之间穿梭时，我一定不断地开灯、不断地关灯，不让一盏灯没有来由地亮着。你一定记得我老跟在你和弟弟的后头关灯吧——还一面骂你们没有"良心"？窗外若是有阳光，我会将洗好的湿衣服拿到阳台或院子里去晾，绝不用烘干机。若是有自然清风，我绝不用冷气。室内若开了暖气，我进出时会随手将门关紧。浇花的水，是院子里接下的雨水。你和菲力普小的时候，我常让你们俩用同一缸水洗澡，记得吗？

我曾经喜欢吃鱼翅，但是有一天知道了鱼翅是怎么来的。他们从鲨鱼身上割下鱼鳍，然后，就放手让鲨鱼自生自灭。鲨鱼没了"翅膀"，无法游走，巨大的身体沉到海底，就在海底活活饿死。我从此不再吃鱼翅。

菲力普说，唉呀妈妈，那你鸡也不要吃了，你知道他们是怎么大量养鸡的吗？他们让鸡在笼子里活活被啄成一堆烂肉，你说人道吗？

我说，我又不是圣人，我只管我记得的、做得到的。道德取舍是个人的事，不一定由逻辑来管辖。

你一定知道中国大陆有些不肖商人是怎么对付黑熊的。他们把黑熊锁在笼子里，用一条管子硬生生插进黑熊的胆，直接汲取胆汁。黑熊的胆汁夜以继日地滴进水管。年幼的黑熊，身上经年累月插着管子，就在笼子里渐渐长大，而笼子不变，笼子的铁条就深深"长"进肉里去。

我本来就不食熊掌或喝什么胆汁、用什么中药，所以也无法用行动来抵抗人类对黑熊的暴虐，只好到银行里去捐一笔钱，给保护黑熊的基金会。消极的道德，碰到黑熊的例子，就往"积极"道德小小迈进了一步。

你和菲力普都会穿着名牌衣服，你们也都知道我对昂贵的名牌服饰毫无兴趣。你想过为什么吗？

去年夏天我去爬黄山。山很陡，全是石阶，远望像天梯，直直通进云层里。我们走得气都喘不过来，但是一路上络绎不绝有那驮着重物的挑夫，一根扁担，挑着山顶饭店所需要的粮食和饮料。一个皮肤黝黑、眼睛晶亮的少年，放下扁担休息时，我问他挑的什么？一边是水泥，一边是食品，旅客要消费的咖啡可乐等等。他早晨四点出门，骑一小时车赶到入山口，开始他一天苦力的脚程。一路往上，路太陡，所以每走十步就要停下喘息。翻过一重又一重的高山，黄昏时爬到山顶，放下扁担，快步往回走，回到家已是夜深。第二天四时起床。如果感冒一下或者滑了一跤，他一天的工资就没着落了。

他的肩膀被扁担压出两道深沟。

"挑的东西有多重？"

"九十公斤。"他笑笑。

"一天挣多少钱？"

"三十块。"

安德烈，你知道三十块钱是三欧元都不到的，可能不够你买三球冰淇淋。

到了山顶旅馆，我发现，一杯咖啡是二十元。

我不太敢喝那咖啡。但是不喝，那个大眼的少年是不是更困难呢？

这些思虑、这些人在我心中，安德烈，使我对于享受和物质，总带着几分怀疑的距离。

那天和菲力普到九龙吃饭，在街角突然听见菲力普说，"快看！"他指的是这样一个镜头：一个衣衫褴褛的老妇人弯身在一个大垃圾桶里找东西，她的整个上半身埋在垃圾桶里；刚好一辆 Rolls-Royce 开过来，成为背景。菲力普来不及取出相机，豪华车就开走了，老妇人抬起头来，她有一只眼是瞎的。

香港是全世界发达社会中贫富不均第一名的地方，每四个孩子之中就有一个生活在贫穷中。我很喜欢香港，但是它的贫富差距像一根刺，插在我看它的眼睛里，令我难受。但是，我能做什么呢？我不能给那个瞎了一只眼的老妈妈任何东西，因为那不是解决问题的方法，那么我能做什么呢？

　　我写文章，希望人们认识到这是一个不合理的社会结构。我演讲，鼓励年轻人把追求公平正义作为改造社会的首要任务。我在自己的生活里拒绝奢华，崇尚简单，以便于"对得起"那千千万万被迫处于贫穷的人，但是我不会加入什么扶贫机构，或者为此而去竞选市长或总统，因为，我的"道德承受"也有一定的限度。我也很懦弱，很自私。

　　在你的信中，安德烈，我感觉你的不安，你其实在为自己的舒适而不安。我很高兴你能看见自己的处境，也欢喜你有一份道德的不安。我记得你七岁时，我们在北京过夏天。蝈蝈被放进小小的竹笼里出售，人们喜欢它悠悠的声音，好像在歌咏一种天长地久的岁月。我给你和菲力普一人买了一个，挂在脖子上，然后，三个人骑车在满城的蝉鸣声中逛北京的胡同。到了一片草坪，你却突然下车，要把竹笼里的蝈蝈放走，同时坚持菲力普的也要释放。三岁的菲力普紧抱着蝈蝈怎么也不肯放手，你在一旁求他：放吧，放吧，蝈蝈是喜欢自由的，不要把它关起来，太可怜……

　　我想是在那个时候，我认识到你的性格特质。不是所有的孩子都这样的，也有七岁的孩子会把蜻蜓撕成两半，或者把猫的尾巴打死结。你主动把蝈蝈放走，而且试着说服弟弟也放，就一个七岁的孩子来说，已经是一个积极的道德行为。所以，能不能说，道德的行使消极或积极存乎一心呢？我在生活层面进行消极的道德——不浪费，不奢侈，但是有些事情，我选择积极。譬如对于一个说谎的政府的批判，对于一个愚蠢的决策的抗议，对于权力诱惑的不妥协，对于群众压力的不退让，对于一个专制暴政的长期抵抗……都是道德的积极行使。是不是真有效，当然是另一回事。

　　事实上，在民主体制里，这种决定人们时时在做，只是你没用这个角度去看它。譬如说，你思考投票给哪一个党派时，对于贫穷的道德判断就浮现了。哪一个党的经济政策比较关注穷人的处境，哪一个党在捍卫有钱阶级的利益？你投下的票，同时是一种你对于贫富不均的态度的呈现。你有没有想过，欧陆国家为什么社会福利占了 GDP 的 45%，而美国却只有 30%？这和他们对贫穷的价值认知有关。60% 的欧洲人认为贫穷是环境所迫的，却只有29% 的美国人这样看。只有 24% 的欧洲人同意贫穷是个人懒惰所造成的，却有 60% 的美国人认同这种观点。比较多的人认为贫穷是咎有应得，或者比较多的人认为贫穷是社会责任，就决定了这个群体的制度。

　　海啸的悲惨震动了世界，国家在比赛谁的捐款多，背后还藏着不同的政治目的。真正的道德态度，其实流露在平常时。我看见 2003 年各国外援的排名（以外援金额占该国 GNP 百分比例计算）：

1	挪威	0.92	12	德国	0.28
2	丹麦	0.84	13	加拿大	0.26
3	荷兰	0.81	14	西班牙	0.25
4	卢森堡	0.8	15	澳大利亚	0.25
5	瑞典	0.7	16	新西兰	0.23
6	比利时	0.61	17	葡萄牙	0.21
7	爱尔兰	0.41	18	希腊	0.21
8	法国	0.41	19	日本	0.2
9	瑞士	0.38	20	奥地利	0.2
10	英国	0.34	21	意大利	0.16
11	芬兰	0.34	22	美国	0.14

　　你看，二十二个对外援助最多的国家里，十七个是欧洲国家。前十二名全部是欧洲国家。为什么？难道不就因为，这些国家里头的人，对于社会公义，对于"人饥己饥"的责任，对于道德，有一个共同的认识？这些国家里的人民，准许，或说要求，他们的政府把大量的钱，花在离他们很遥远但是贫病交迫的人们身上。他们不一定直接去捐款或把一个孤儿带到家中来抚养，就凭一个政治制度和选票已经在进行一种消极的道德行为了。你说不是吗？

　　所以我不认为你是个"混蛋"，安德烈，只是你还没有找到你可以具体着力的点。但你才十九岁，那个时间会来到，当你必须决定自己行不行动，如何行动，那个时刻会来到。而且我相信，那个时候，你会很清楚地知道自己要做什么，不做什么，做不到什么。

2005.1.8

读者来信

龙博士：

刚才在看你和安德烈的对话，说到消极和积极的道德。

他十九岁时在想的东西，是我十七岁时在想的问题。但他比我幸运一些，他虽然觉得这样的东西让你不愉快，但还不至于太厌恶。

但是，我厌恶我自己。

我穿名牌的衣服，我吃麦当劳的全家桶，我外出去各地享受旅游，想到多少人，在忍受饥饿，一辈子都不知道肉味是什么意思，我会厌恶自己。我在我不认同、觉得不对的模式下生活，但我不改变因为我习惯，因为这是我的圈子都认同的生活方式。

我甚至不敢跟别人说我很厌恶自己，我生活得很累，因为他们肯定会说很好玩，很好笑，很幼稚也很愚蠢。

我也这么觉得，但我怎么否定我愚蠢幼稚荒唐的想法。

看你的回信，我还是不太明白……

DM（上海）

亲爱的龙女士：

我是一个从英国留学回来的大陆女子。现年二十四岁。一直很喜欢你的文字。

你知道吗，当我结束我在英国五年的生活，回到这个我生活了二十年的地方的时候，我竟然感到不习惯。我不习惯于人们的冷漠，更不习惯于我也要表示出来的冷漠。

当你在路上看到一个衣衫破旧的孩子，你不能停下脚步，给他一块钱，因为他要的更多，甚至，他会因为看到你的钱包而抢了就跑。当你到银行去办事，你一定要紧紧贴着前一个人，就算他在按密码也不可以走开，否则你很有可能在银行一天也办不成事。诸如此类，不胜枚举。

我不能说什么，亦不能做什么。我知道逃避不是办法。但当我回来面对了这一切，我唯一的想法就是离开。

我为这样的想法而难过。我又为这样的环境而流泪。

我生活在一个大城市，尚且如此，那些其他的地方又如何呢？

当我看到南亚海啸的消息，当我看到台湾、日本、美国、欧洲和很多很多地方遭受自然灾害和恐怖袭击的时候，我很心痛。人类的力量竟然是这么的渺小。而我更心痛的，是我的同胞们一句句恶毒诅咒的话语。我总是不明白，仇恨一定活得比善良和同情更长久吗？

我真的难过困惑，我真的不明白。

Helen（天津）

烦恼十九

MM：

又是一个星期六的晚上，坐下来给你写信，但是我有心事。过去两个礼拜，蛮惨的，生活里问题很多。每一个问题，好像都在考验我性格里不同的一个部分。每一个问题性质不一样，所以就需要不同的面对方式，也需要调动我性格里某一种品质，这个品质，我或者有，或者没有，需要开拓才会出现。有些问题需要的是勇气，有些，需要智慧。反正，烦恼多多。

其实，也都不是什么真正严重的事，但是你知道，给生活"加料"的通常都是些芝麻小事，不管是好的还是坏的。有时候，你已经有麻烦了，偏偏还要打破一个玻璃瓶，或者吃早点时把牛奶泼了一身，你只好觉得，太倒霉了。

大的问题，譬如三月就要毕业考啦，大学入学啦，或者是将来的工作，暂且不提，最近出了两个状况，让我很心烦。

第一个，上封信你问我，碰到一个你不赞成的人，而他偏偏掌权，譬如说他是决定你成绩的老师，这种矛盾我怎么处理？现在就发生了。我跟你说过我不欣赏英文老师，因为我觉得他程度不够。我们这一班有一半人都到美国去做过交换学生，我也在美国读过一年，所以，我们的英文水平比一般没去留学的德国学生要高很多，而他好像完全不理会这种差异，还是照他一贯的方法教学，就是要我们听写，或者让我们读一堆无聊的文章。从他那里，我简直学不到任何东西。我甚至于觉得从美国回来以后，我的英文就停止进步了。最让我生气的是，我发现他对英文的文学作品根本没有解析的能力，常常不知所云。英文课就变成我们最不需要动任何脑筋的课。

我是在这个时候决定要"反叛"的。我在他的课上睡觉，而且拒绝交作业。讨论文学作品的时候，我提出他完全无法招架的问题。

然后，事情就发生了。他竟然说我在"嗑药"！他去跟我的导师说，我上课没精打采，而且不做作业，一定是因为嗑药。导师就来找我谈话，连同学都以为是真的了。

MM，你说我"反叛权威"对还是不对？现在，我得到什么？他很快就要退休，而我，得到一个烂分数，外送一个"嗑药"的名誉。

我不是不知道反抗权威会有后果，也想过是否闭嘴做他的乖学生，但是最后，我还是用消极"罢课"去抵制他，因为我实在受不了无知的人假装有知识，还要来对你指指点点。我的理性毕竟败给了我的情绪。而现在，他给我这么多麻烦，我的好胜心又被挑起，我想：嘿，我就做给你看，我可以在最短的时间内把英文成绩扳回来。这样，他是不是会开始理解我反对他是因为他教学太烂？

这第二个"麻烦"嘛，你大概已经等了十九年，等我来告诉你——没错，女孩子。

两年前，当我很多好朋友都在谈恋爱的时候，我对女生一点没兴趣。不是我晚熟，而是，我有太多其他的兴趣，譬如足球，而且，我确实不太容易"坠入情网"。但是自从在美国有了一个女朋友以后（哈，没告诉过你——你就当我忘了说吧），我一次又一次地不断地"坠入"，而且一次又一次地失恋。有时候我在想，怎么老是被人甩了，搞不好我有问题？（开玩笑的。老妈别紧张。）

上个礼拜，我又失恋了。寒假里，她遇见了一个荷兰男孩，就跟他好了。老天，这个家伙连德语都说不好，他们得用半生不熟的英语沟通。

我很难受，当然我的自尊被伤害了，虽然我的理智告诉我：没关系，你们本来就不很配。更何况，我爱的其实是另一个女孩，她只不过是一个假想的替身。我觉得，我恐怕是一个在感情上不太会"放下"的人。现在的麻烦是，我不知道接下来要怎么办。

她其实并不清楚我对她的感情，她以为我们是"好朋友"。受伤的我很想跟她一刀两断，不再来往，但是这对她好像不公平，因为，她并没有说爱过我啊。所以，我应该照顾到她的情感，假装若无其事继续我们的"友谊"，还是只管我自己"疗伤"，跟她断掉？

你知道我意思吗？这跟我跟英文老师的冲突看起来没有关联，其实性质是一样的：我应该诚实地袒露自己的感情，还是隐藏它？对英文老师这个权威，我似乎应该避免坦诚而接受他的权威，因为表露我对他的不满，我会受伤。对这个女孩，我又似乎应该坦诚，否则我们的"友谊"就被放在一个紧绷的钢索上，让谎言和虚假充斥。

面对第一个难题，我需要智慧。面对第二个难题，我需要勇气。然而，我觉得我两个都不够。

你当然会说，唉呀，你需要平衡，既要体贴到别人的感受，又要照顾到自己的立场。可是，多难啊。接下来的几个礼拜，我有那么多人要"应付"——不，事实上，是在接下来的"一生"中，有那么复杂的人际关系要"应付"，我觉得自己很笨拙。尤其是碰到感情的时候。

我这些"倾诉"，会不会让你觉得，像是好莱坞的巨星们在抱怨钱太多、太有名，所以生活很"惨"？可是，生命往往就被那微不足道的事情给决定了……

Andi

2005.1.14

MM——香港时间凌晨三时
安德烈——德国时间晚上八时

M：安德烈，你知道，母亲对子女的爱是生死不渝的。你告诉我：你嗑药吗？

安：你有病啊。我嗑药，会告诉你吗？

M：你就斩钉截铁地告诉我：YES or NO.

安：NO.

M：好。现在可以继续谈了。

安：受不了你。

M：所有的妈都会这样。

安：一定没看懂我的文章，才会问那样的问题。

M：不要吵架。我问你：需要我跟英文老师打电话吗？

安：不要。我已经处理。放心。

M：好，再问你：信中你谈到感情。考虑过隐私的问题吗？你不介意被刊出？

安：不介意。因为，有没有一个十九岁的人不是在恋爱或失恋？你十九岁时不
　　是吗？我不认为这是"隐私"，我觉得这是年轻人的普遍经验，有什么好
　　隐藏的。

第11封信

阳光照亮你的路

安德烈：

　　如果有个人手里拿着一个弹弓，站在高处，对着你。你要反击，是站在那低处呢，还是先站到高处再说？

　　你会说，不对，MM，照你这个逻辑，人民也不要抵抗暴政了，因为极权统治的特征就是，政府占据制高点，人民在低处，在"弹弓"下讨生活，他们永远不可能抢到高处。而且，跟极权合作的人，还可以振振有词说，我这是在"迂回作战"，想办法站到高处去，再为人民说话。在民主体制里，也有人选择跟着腐败的权力走，还振振有词说，进入体制，站到高处，可以影响当权者，造福社会。可是还没造福社会，个人已经先享尽了权力的好处。

　　你的反驳我将无法回应。安德烈，这个世界里，见风转舵的投机者绝对是大多数。所以你说的"勇气"和"智慧"，永远是稀有的品质。更何况，"暴虎冯河"的勇气和"谋定而后动"的勇气，有时候很难辨别。投机和智慧，看起来也很貌似。真假勇气和智慧的细微差别，在《左传》（记录了公元前七二二到前四六八年的中国历史）和《战国策》（记录了公元前四六〇到前二二〇年的中国历史）里很多，希望有一天你能读到。

　　你们在学校里读过柏拉图。我发现，柏拉图所记录的苏格拉底的思辩，和《左传》的风格很像。苏格拉底的朋友克瑞多到监狱去试图说服他逃狱时，苏格拉底却和他进行一场道德辩论：

苏：……是否应坚信，不管多数人怎么想，不管后果如何，不正义就是不正义？

克：是。

苏：所以我们不能做不义之事？

克：不能。

苏：也不能以其人之道还治其人，以暴治暴？

克：不能。

苏：……也就是说，不管别人怎么伤害了我们，我们都不能报复，从而去伤害别人。但是克瑞多，你要仔细想想，因为这种想法从来就不是多数人的想法。信不信服这种想法的人分歧严重，彼此完全无法沟通。

自己和"多数人"格格不入时，是坚持还是妥协？个人被权力打击时，是反抗还是接受？为何接受又为何反抗？如何接受又如何反抗？苏格拉底依靠的是一个理性的逻辑。《左传》里也常有理性和权力的两种逻辑的冲突。

所以，安德烈，你不是唯一一个必须思考怎么去"应付"那极为复杂的人际关系的少年；人际关系，其实往往是一种权力关系，从老子、孔子到苏格拉底都曾经思索这个问题。你的英文老师对你所造成的难题，只是一个小小的训练吧。譬如说，在你决定上课睡觉、不写作业之前，你是否思考过他是一个什么样的"对手"？你是否思考过，用什么语言可能可以和他沟通？又或者，什么形式的"反叛"会给你带来什么样的收获或者灾难？你是"谋定而后动"或是"暴虎冯河"？你想要达到什么？你的逻辑是什么？

两星期前，我买了两棵一般大小的水仙球根，一棵放在玻璃窗边，一棵放在餐桌上，用清水供着。今天，窗边那棵还像一盆青葱，桌上的那棵，屋内稍暖，却已经开出了香气迷迷的花朵。

你愿意和我谈感情的事，我觉得"受宠若惊"。是的，我等了十九年，等你告诉我：MM，我认识了一个可爱的女孩。上一次你和我谈"爱情"，是你十三岁那一年：

一九九八年九月二十日，午夜手记

安德烈去参加朋友的生日舞会，刚刚接他回家。在暗暗的车里，觉得他仿佛若有所思，欲言又止。边开车，边跟他有一句没一句地聊，慢慢儿地，得知今晚班上的几个女孩子也在。

"那——音乐很吵了？"

"不吵，"他说，"是那种静静的音乐。"

"喔……"我思索，"那么是跳慢舞了？"

"对。"

又开了一段夜路；这段路上，两旁全是麦田，麦田边满满是野生的罂粟花，在苹果树下，开得火红。我开得很慢，秋夜的空气里，流荡着酸酸的苹果香。

半晌不说话的人突然说，"马力爱上我们班一个女生，今天晚上他跟她说了。"

"怎么说的？"

"灯光暗下来的时候，他和她跳舞的时候说的。"

他转过身来对着我，认真地说，"妈妈，你难道不知道吗？爱的时候，不说也看得出来。"

"喔……"我被他的话吓了一跳，但是故作镇定。

到家门口，我熄了车灯。在黑暗中，我们都坐着，不动。然后我说，"安，你也爱上了什么人吗？"

他摇头。

"如果发生了，你——会告诉我吗？"

他说，"会吧……"声音很轻，"大概会吧。"

今晚，我想，就是这样一个寻常的秋夜，十三岁的男孩心里发生了什么，他自己也许不太明白。一种飘忽的情愫？一点秘密的、忽然来袭的、捉摸不定的、甜美的感觉？

平常竭尽所能拖延上床的他，早早和我说了晚安，关了房门。

你记得那个晚上吗，安德烈？

我一点也不觉得你的烦恼是"好莱坞明星"的"无病呻吟"。事实上，接到你的信，我一整天都在一种牵挂的情绪中。你说，使人生平添烦恼的往往是一些芝麻小事，你把失恋和打翻牛奶弄湿了衣服相提并论，安德烈，你自我嘲讽的本领令我惊异，但是，不要假装"酷"吧。任何人，在人生的任何阶段，爱情受到挫折都是很"伤"的事，更何况是一个十九岁的人。如果你容许我坦诚的话，我觉得你此刻一定在一个极端苦恼，或说"痛苦"的情绪里。而毕业大考就在眼前。我牵挂，因为我知道我无法给你任何安慰，在这种时候。

我不知道你们这一代的德国少年是否读过《少年维特之烦恼》？歌德和你一样，在法兰克福成长，他的故居我也带你去过。二十三岁的歌德爱上了一个已经订婚的少女，带给他极深的痛苦。痛苦转化为文字艺术，他的痛苦得到升华，可是很多其他的年轻人，紧紧抱着他的书，穿上"维特式"的衣服，纷纷去自杀了。安德烈，我们自己心里的痛苦不会因为这个世界有更大或者更"值得"的痛苦而变得微不足道；它对别人也许微不足道，对我们自己，每一次痛苦都是绝对的，真实的，很重大，很痛。

歌德曾经这样描写少年："向天空他追求最美的星辰／向地上他向往所有的欲望"。十九岁，我觉得，正是天上星辰和地上欲望交织、甜美和痛苦混乱重叠的时候。你的手足无措，亲爱的，我们都经验过。

所以，我要告诉你什么呢？

歌德在维兹拉小城第一次见到夏绿蒂，一个清纯静美的女孩，一身飘飘的白衣白裙，胸前别着粉红色的蝴蝶结，令他倾倒。为了取悦于夏绿蒂，他驾马车走了十公里的路，去给夏绿蒂生病的女友送一个橘子。爱而不能爱，或者爱而得不到爱，少年歌德的痛苦，你现在是否更有体会了呢？可是我想说的是，传说四十年后，文名满天下的歌德在魏玛见到了夏绿蒂，她已经变成一个身材粗壮而形容憔悴的老妇。而在此之前，歌德不断地恋爱，不断地失恋，不断地创作。二十三岁初恋时那当下的痛苦，若把人生的镜头拉长来看，就不那么绝对了。

你是否也能想象：在你遇到自己将来终身的伴侣之前，你恐怕要恋爱十次，受伤二十次？所以每一次的受伤，都是人生的必修课？受一次伤，就在人生的课表上打一个勾，面对下一堂课。歌德所做的，大概除了打勾之外，还坐下来写心得报告——所有的作品，难道不是他人生的作业？从少年期的《维特之烦恼》到老年期的《浮士德》，安德烈，你有没有想过，都是他痛苦的沉思，沉思的倾诉？

你应该跟这个你喜欢的女孩子坦白或者遮掩自己的感情？我大概不必告

诉你，想必你亦不期待我告诉你。我愿意和你分享的是我自己的"心得报告"，那就是，人生像条大河，可能风景清丽，更可能惊涛骇浪。你需要的伴侣，最好是那能够和你并肩立在船头，浅斟低唱两岸风光，同时更能在惊涛骇浪中紧紧握住你的手不放的人。换句话说，最好她本身不是你必须应付的惊涛骇浪。

可是，我不能不意识到，我的任何话，一定都是废话。因为，清纯静美，白衣白裙别上一朵粉红的蝴蝶结——谁抵挡得住"美"的袭击？对美的迷恋可以打败任何智者自以为是的心得报告。我只能让你跌倒，看着你跌倒，只能希望你会在跌倒的地方爬起来，希望阳光照过来，照亮你藏着忧伤的心，照亮你眼前看不见尽头的路。

2005.2.8

让豪宅里起战争

MM：

　　这个月实在没什么值得谈的，每天都在准备毕业会考，虽然足球还是照
踢。也因为每天都在拼命读书，所以礼拜五发生的事情就更稀奇了。那天中
午，整个十到十三年级的班都被叫到会议厅去集合。我到了会议厅，看见校
长已经拿着麦克风站在前面。我们都很惊讶，一定有什么惊天动地的大事发
生了，才会有这样的阵仗。你也知道，德国学校一般是没有集会的，什么朝
会、周会、升旗降旗、开学或结业什么的，都没有。

　　大家坐定了以后，校长就开始解释：我们高中部的一个学生会干部——
就叫他约翰吧——被几个陌生人围殴而受伤，我们学校绝不容许这样的事情
发生，他呼吁所有的同学团结一致，谴责暴力，并且给被打伤的同学精神
支持。

　　好了，大家都很震动啊。但是紧接着"流言"就开始了，而且"流言"
还得到证实：打约翰的是本校学生，但所谓"围殴"，其实是一小撮人围着他
理论，然后打了他一个耳光，只是这样。

　　学校召集我们，想培养一个团结互爱的气氛，但是真相一出来，很多人，
包括我，都觉得超级反感。搞什么呀，我们是毕业班的学生，正在上一堂重
点课，中断讲课，就为一个学生被人打了一个巴掌？

　　MM 可能会觉得，嘿，安德烈，你怎么这么不讲道义，缺同情心，你应
该支持那个被打的学生啊。

　　我只能告诉你，MM，我在这所中学九年了，这件事在我和我的朋友心目中，是个笑话。克伦堡中学是一个典型的富裕的郊区中学，平常安安静静的，但是我也不是没见过学生拿着小刀追赶，也不是没见过学生抓着球棒打混架，学校当局也知道，但是从来没管过。怎么这一回，突然这么"积极"啊？

　　看我能不能跟你说清楚。德国中学分成三股，你知道的，"主干中学"（五年级到九年级），是最基本的国民基础教育，学生毕业之后通常只能开卡车、收垃圾、做码头工人等等，甚至根本就找不到工作；"实业中学"（五年级到十年级），主要是职业教育，培养各种工匠技师，从面包师、木匠锁匠到办公室小职员，都是这里出来的；然后是"完全中学"（Gymnasium，五年级到十三年级），等于是大学的先修班，培养将来的精英。我们的学校是综合中学，三股都在一个校园里。

　　我所看见的打架，基本上都发生在"主干中学"的班里，这些学生很多来自低薪家庭，多半是新移民——来自阿富汗、伊朗、土耳其的穆斯林。移民有很多适应的困难，所以，很多学生也来自问题家庭。好，你现在明白我的反感了吧？为什么"主干"那些学生被刀子追杀的时候，你不在乎，"完全中学"的学生被打了一个耳光，你就突然这么紧张，这么郑重？

　　年轻人起冲突是常有的事，但我还是第一次看见有人正经八百告到学校去。我不敢说我懂"江湖"，但是我相信我知道怎么跟"那些人"打交道，甚至交朋友。"那些人"并不都是流氓。事实上，穆斯林是不喝酒、不嗑药的。他们只是跟中产阶级德国人有很不一样的价值观，尤其是对于什么叫"尊敬"或者"荣誉"。他们可能表现出比较强的攻击性，但主要的问题在于，他们有不同的价值认同。

　　我认识这个被打的约翰，家里很有钱，是那种很幼稚、胆小怕事的人，观念完全是有钱的中产阶级极端保守的价值观。我的意思是说，他就是那种绝不会晚上溜出去会朋友，而且动不动就"我妈妈说"的年轻人，活在一个"白面包"世界里，根本不知道真实的世界是怎么回事。

但是后来的发展才真叫我火大。学校网页上有个学生论坛，很多同学上网讨论这个"约翰事件"。有一个"安妮"女生这样写：

> 我们学校越来越沉沦、越低级了，变成一个暴徒、无产阶级、白痴横行的地方。如果再这样下去，我认为我们学校将来收学生时，应该要先看学生的家庭背景和社会阶级，再决定他够不够资格进来。我真的无法以学校为荣了，"那种"学生越来越多……

不可思议的荒谬，MM，我并不赞成暴力行为，我承认绝大部分的打架都发生在"主干中学"，我也承认大部分的"主干中学"学生来自所谓"下层社会"，而"下层社会"问题真的很多，但是我无法接受学校把这些学生拿来做问题的 scapegoat，代罪羔羊。我更没法忍受这种典型的私立学校精英思维，势利，傲慢，自以为高人一等，以为自己"出身"好，国家就是他的。

你知道我在网上怎么回应那个"安妮"吗？我只写了一句话：

> 让木屋里有和平，让豪宅里起战争！

Andi

2005.2.20

安德烈——德国时间下午五点
MM——香港时间午夜十二点

M：最后一句话出自哪里？

安：Georg Büchner，一八三三年。他用法国大革命的标语来鼓动德国农民
　　起来反抗贵族。

M：为何引用这句话？

安：我的意思是，德国在十九世纪变成一个统一的国家是以这种平等理念作基
　　础的，"安妮"这种人不知他们离这理念有多远。

M：在你的同学里，想法和你比较相近的是少数还是多数？

安：你是说，不赞成这种阶级意识？

M：对。

安：多数。

M：Büchner 是个天才；死的时候才二十六岁。

安：哇，老妈——你也知道他？他十七八岁写的书，对一八四八年德国革命发
　　生很大影响。

M：MM 还知道，一八三三年法兰克福的大学生起来革命，占据了军营，把枪
　　支和弹药交给农民，要农民起义，但是农民不理会，所以革命失败了。安，
　　如果把你放在左倾一右倾的光谱上，你觉得自己是偏左还是偏右？

安：中间。有些议题左，有些议题右。其实，我不够懂，不敢谈。在欧洲这还
　　是个每天被讨论的题目。我问你一个问题。

M：什么？

安：我在准备考试，没时间看新闻，但是瞥见德国电视里好像有关于中国大陆和台湾的报道——这几天中国大陆和台湾在发生什么事啊？

M：中国共产党在开年会，要通过一个法叫《反分裂法》……

安：连这个都要"于法有据"呀……

好，我要走了。

M：对不起，你妈能不能问你要去哪里，做什么？

安：踢球啦。

第13封信

向左走，向右走

安德烈：

很久没回台北了。昨天回来，就专心地看了一个多小时电视新闻。那一个多小时之中，四五个新闻频道转来转去播报的都是一样的新闻内容，我综合给你听：

1. 天气很冷，从来不下雪的地方也下雪了。人们成群结队地上山去看雪。但是因为不熟悉雪所以衣服穿得太薄，于是山村里的小诊所就挤满了感冒的病患。有四十六个人因为天冷而病发死亡。

2. 半夜里地震，强度五点九。（是，确实摇得厉害，我也被摇醒了。）电视报道很长，镜头有：一、超市里的东西掉下来了。二、狗啊，鹿啊，牛啊，老鼠啊，都有预感似的好像很不安。三、有人有特异功能，预测了地震会来，但是预测日期错了。四、医院里护士被地震吓得哭了。五、有人抱着棉被逃出房子，带着肥猪扑满（储蓄罐）。

3. 有个小偷在偷东西，刚好碰上地震，摔了下来，被逮个正着。小偷偷不到东西是"歹运"象征，所以他手里还抓着一条女人的内裤。

4. 天气冷，人们洗热水澡，七个人被一氧化碳毒死了。镜头：尸体被抬出来。

5. 宾馆里发现两具尸体。

6. 一辆汽车冲进菜市场，撞伤了十来个人。

7．一个四岁的小女孩被她的祖母放在猪圈里养了两年。

8．一个"立法委员"结婚，几个政治人物去吃饭，谁和谁坐在一起，有没有和彼此讲话。

9．街上有游行示威，反对制订《反分裂法》。镜头：老人晕倒，小孩啼哭，绑了蝴蝶结的可爱小狗儿们扑来扑去。

10．媒体采访北京的"两会"，记者们跑步进入会场，摔倒了。

11．灯节的灯熄了。

　　好了，这就是二〇〇五年三月六日台湾的新闻内容。北京的"两会"气氛究竟怎么样？香港的"特首"下台、政制改变的事有何发展？国际上究竟发生了什么事？我一件也没听见。只好上网，然后才知道：

　　叙利亚提议要逐步从黎巴嫩撤兵；伊朗声言要继续发展核武；好不容易被抢救释放，却又被美军枪击的意大利女记者认为美军是蓄意射杀；联合国发表新的报告，估计二〇二五年非洲可能有八千九百万艾滋病患者；北刚果的部落屠杀进行中；摩尔多瓦今天国会大选，但是反对派指控现任总统垄断媒体，做"置入性行销"，而且用警察对付反对党，是最独裁的民主……

　　有一个消息，使我眼睛一亮：南美洲的乌拉圭新总统巴斯克斯宣誓就职。这有什么稀奇，你说？

　　是蛮稀奇的，安德烈。这个新总统是个社会主义者。在乌拉圭的历史上，这是第一次左派当政。而主持宣誓的国会议长，穆吉卡，在六十年代竟是Tupamaro游击队反抗运动的创始人。为了消灭他的游击队，一九七二年乌拉圭政府开始让军人掌政，固然消灭了游击队，也为乌拉圭带来十三年的军事独裁，被杀害被凌虐或失踪的人不计其数。穆吉卡也是曾在监狱里被凌虐的反叛分子。

我读到这类的消息，感触是比较深的，安德烈。你是否看见两个现象：在乌拉圭，恐怖的军事独裁结束二十年后，革命家和叛乱者变成了执政者。在本来属于苏联集团的摩尔多瓦，一党专政走向了民主选举。时代，似乎真是进步了，不是吗？

可是你发现，摩尔多瓦的掌权者事实上仍是共产党，只不过，这个共产党是透过民主的选举形式产生出来的。在形式的后面，有媒体的操弄、权力的恐吓、资源的独占垄断，一切以民主合法的"形式"进行。至于乌拉圭，革命家、改革家、理想主义者一旦掌权，会变出什么面目？从台湾的经验来说，我还真没信心。在台湾看到太多堕落的英雄、虚假的民主斗士，轻易让权力腐蚀、人格破产的改革者和革命家。

巴斯克斯是个左派——你说"左"是什么意思？

法国对人类社会的贡献实在不小。法国大革命不只给了欧洲革命的营养，也给了我们"左"和"右"的概念。你们初中课程里就有政治学，一定知道这"左"和"右"的语词来源。法国在大革命期间的国会里，支持王权和贵族的人坐在右边，主张改革的坐在左边。调皮的法国人随便坐坐，就影响了全世界到今天。好玩的是，当初坐在左边的法国人，事实上大多是资产阶级，反对的是王权和贵族，支持的是资本主义和自由贸易，正是今天的某些"左"派所视为毒蛇猛兽的东西。

柏林有个新的左派杂志在今年二月出版了，杂志就叫《反柏林》——我刚把网页传给菲力普看——他刚放学进门。我想象，如果在北京出个杂志叫《反北京》或《反中国》？在台北出个杂志叫《反台湾》？在香港出版《反香港》？可能都要吃不了兜着走。《反柏林》杂志和许多左派刊物一样，对许多议题进行大批判，号召读者各地串联，参与示威：三月十九日，请大家到布鲁塞尔聚集示威游行，欧盟高峰会议在那里举行；五月八日是欧战结束六十周年，请大家到柏林聚集，反制右派分子的游行；七月，请大家赶到苏格兰，八个工业国高峰会议将在那里举行……

左派号召群众在五月八日到柏林去纪念欧战结束六十年，有几条蛮动人的标语：

苏联抵抗纳粹的战线有两千公里长，牺牲了两千万人的生命——我们感谢苏联红军的英勇。

我们感谢所有的地下抵抗者。

我们哀悼所有法西斯和战争的被害者。

我们要求所有被纳粹强征的劳工得到赔偿。

这其实不再是"左派"理念，它已经成为德国的主流观点。在日本，对比就很尖锐了。也是"终战"六十周年，曾经被日本侵略的亚洲国家，觉得还没得到正义的补偿。日本的"左眼"，不够强。

可是在今天的中国大陆，你知道吗？我们说的"左"，在他们是"右"，他们说"右"，其实接近我们的"左"；应该是最"左"的共产主义，今天最"右"。所以，跟中国大陆人说话，你要特别注意语汇的"鱼目混珠"。

（菲力普看完了《反柏林》，长长的腿晃过来说，"哇，受不了！这么左的杂志。"我就问他，"那你是什么？"他说，"中间。因为极左跟极右，像站在一个圆圈上，看起来像是往两个相反方向走，其实最后会碰头，一样恐怖啦。"）

你对"安妮"的阶级意识和精英思维反感,大概有资格被归到"左"的光谱里去。我随便在辞典里找出一条对"左"的定义,就是:主张平等,强调社会公义,譬如工人权益或者工会权利;比较关切穷人和弱势的处境,反对民族主义,反对阶级和威权,与传统文化保持距离,对特权和资产阶级充满怀疑。"左"派倾向用"进步"来描绘自己。

如果在一条直线上,你一定要我"选边站"——站在中间"偏左"还是"偏右"的位置,我万不得已会选择"左"。说"万不得已"是因为,老天,如果说我目睹和亲身经历的二十世纪教了我任何东西的话,那就是:不要无条件地相信理想主义者,除非他们已经经过了权力的测试。一个有了权力而不腐化的理想主义者,才是真正的理想主义者。不曾经过权力测试而自我信心满满、道德姿态高昂的理想主义者,都是不可靠的。从大陆到眼前台湾政坛上的得意混混,哎,太多了。

我曾经跟德国有名的女性主义作家爱丽斯·施瓦茨谈到这个题目,我说,台湾那么多"得意混混",是因为我们的民主太年轻,还在幼稚阶段。她大大不同意,说,德国的民主有五十年了,不算幼稚了,但是"混混"更多,包括现任总理施罗德。

好啦,最最亲爱的,我究竟想跟你说什么呢?

我实在以你有正义感和是非的判断力为荣耀,但是我也愿你看清理想主义的本质——它是珍贵的,可也是脆弱的,容易腐蚀腐败。很多人的正义感、同情心、改革热情或革命冲动往往来自一种浪漫情怀,但是浪漫情怀从来就不是冷酷现实的对手,往往只是蒙上了一层轻雾的假的美丽和朦胧。我自然希望你的理想主义比浪漫情怀要深刻些。

我不知道该不该和你说这些,更不知十九岁的你会怎么看待我说的话,但是我想念你，孩子，在这个台北的清晨三点，我的窗外一片含情脉脉的灯火，在寒夜里细微地闪烁。然而母亲想念成长的孩子，总是单向的；充满青春活力的孩子奔向他人生的愿景，眼睛热切望着前方，母亲只能在后头张望他越来越小的背影，揣摩，那地平线有多远，有多长，怎么一下子，就看不见了。

你的 *M·M.*

2005.3.9

秘密的、私己的美学

第14封信

MM：

音乐，已经成为我呼吸的一部分。

早上醒来第一件事，就是把电脑打开，让里面的音乐流出。在音乐声里穿好衣服。吃早点，打开厨房的收音机。走路上下学的一路上，我的MP3音量跟着我走。我可以一整天留在房间里整理我的音乐存档，同时听几首不同的曲子，一个小时又一个小时，在音乐里流连。不管在厨房、在浴室、在书房，任何时候，我活在音乐里。

不知道从何时开始进入了音乐的世界？小时候，从来没喜欢过你和爸爸听的古典音乐，更不喜欢你有时候放的欧洲歌曲，法国的《香颂》或者德国的民歌对我，都是俗气的Kitsch。记得有一两次你和朋友们放了六十年代的摇滚乐，甚至在客厅里跳舞。但是，我发现你们其实并不是真正的"听"音乐。

不过你们还是影响了我对"歌曲"的喜爱。我喜欢旋律优美的音乐，崇拜爵士乐。十几岁的时候，曾经对Hip Hop"嘻哈"音乐狂热，随之深入了美国的黑人文化。听"嘻哈"的时候，我一般不听大家都在听的热门歌曲，而是寻找一般人不知道的冷门曲子。一旦发现一首有意思的曲子，而且是朋友里没人听说过的，那真是如获至宝。拿这曲子和同样有兴趣的朋友共享，大伙一起听，然后会有无穷无尽的讨论，讨论歌词里最深刻的隐喻和最奇怪的思想观念，那真是不可言传的独特经验——我不能跟你解释，因为那种经验是只为那一个时刻和气氛而存在的，就如同那些歌曲本身，不可言传而独特。

对我而言，一支歌曲好不好有三个要素：气氛，歌词，音乐，但不一定要三个元素同时并存，往往一个元素就行。一支歌，如果能散发出最好的气氛，不一定需要最好的歌词，因为气氛本身能使人愉快或是悲伤。歌词写得好，能让你会心微笑或者沉入忧郁。音乐好，歌就缠住了你的脑袋，不管它的词多笨或者气氛不怎样。

最怕的是，一首好歌变成流行曲时，它就真的完了。不管那首歌的歌词有多么深刻，旋律有多么好听，当每一个人都在唱它，每一个酒馆里喝得烂醉的人一边看足球赛一边都在哼它，这支歌就被"谋杀"了。再好的歌，听得太多，就自动变成 Kitsch！所以我绝不"滥"听歌。有时候，我会放三十首歌，一支一支听，心里其实一直等，等着那一首歌出现。终于等到的时候，那个美感值更高。

在一个周日的早上懒洋洋地醒来，看见外面纯净深蓝的天空，可以听一支深爱的歌——还有什么比这更美好的呢？

然而当我对一首歌开始感觉厌的时候，我就紧张了：老天，我需要一首新歌。这就是一个新的探索旅程的开始。你开始寻找：一段广告音乐，音乐课里一段偶然听到的旋律，在别人的派对上突然飘过来的一支歌，MTV 里的片段……我寻寻觅觅。最有用的地方，当然是网络。

我知道音乐厂商都被网络的下载作用吓坏了，可是，MM，我有不同的看法。厂商这么多年来"滥造"了那么多的廉价歌手，粗制了那么大量俗烂的音乐，赚饱了钱，现在总算知道，不能再这样下去了。听音乐的人已经发现：俗烂的音乐从网络下载就好，听完就丢；只有真正好的艺术家、真正好的音乐碟片，才值得你掏钱去买。

在这样的逻辑下，那些烂音乐逐渐被淘汰，留下好的艺术——这难道不是正面的发展吗？"网络音乐革命"革掉的是坏的音乐，严肃的艺术家反而有了活路，找到了知音。在德国就是这样，突然冒出来很多极为深刻的创作者，取代了那些被厂商操作制造出来的假偶像。

我不知道你要怎么回复我这封信，因为你不是乐迷。但是，MM，你"迷"什么呢？你的写作，或者文学，所带给你的，是不是和音乐所带给我的一样，一种独特的、除了你自己之外没有人能窥探的一种秘密的、私己的美学经验？

Andi

2005.3.31

安德烈——德国时间晚上九点半
MM——香港时间清晨三点半

M：菲力普让我看了些"嘻哈"的歌词，很多有强烈的政治、社会批判意识。
我吓一跳：十五岁的青少年怎么会欣赏这种社会批判的歌？

安：譬如什么？

M：譬如这一首——

"我在贫民窟里长大

看不尽的杀戮

其实就是个毒贩集合所

我的成功，却是因为它

适者生存，每天活着就是挑战

我以为我是个骄傲的美国人

一碰到种族问题，发现自己是外国人……"

安：这种并不是现在流行的"嘻哈"，现在流行的"嘻哈"是这样的——

"钱、钱、钱，哗啦啦进了我的扑满

世界奈我何，抓了奶罩，玩'三匹'

世界奈我何，吸口胶，打个屁

世界奈我何，犯个法，飙个车……"

M：哇，虚无主义！

安：你要看更糟的吗？还有这种——

"射水到洞里，射水到洞里，射水到洞里……"

M：哇，好脏！

安："玩伴们，挺起你们的家伙……"

M：哇，雄性沙文主义！

安：还有——

"我要把你搞到死，搞到死，搞到死……"

M：兽性沙文主义！

安：对啊！流行的"嘻哈"歌曲充满对女性的性暴虐，可是竟然还有女歌手也唱同样的调调。我觉得蛮奇怪的。

M：安，女人并不一定就有女性意识，男人不一定不是女权主义者。差别在头脑，不在性器官。

安：我知。

热门排行榜上的歌，大概就是这个程度的——我带你到糖果店，我要"××"你，被"条子"逮了，贫民窟生活……

M：那有什么稀奇？当年的乡村歌曲不也是这些？"我爸是个酒鬼，我妈是个婊子，我十三岁就被强奸"什么的……

安：对，不过"嘻哈"更直接，更粗暴。

M：明白了。虚无主义＋雄性沙文主义＋拜金主义＋性滥交＋粗话脏话＝酷，美国黑人又 in，所以青少年就喜欢了？

安：差不多。可是原来的"嘻哈"是很美、很有深度的。你看这一首——

"圣诞节妈妈给了你生平第一辆单车

好像第一次打赢一场架

好像你的球队得了第一名

狂喜在大雨中拥抱

好像看见一颗流星闪过

原来努力了

梦真的可以出现"

M：嗯，是现代诗嘛。我要走了——

安：慢点，还没完——

"聋子听见了听见他情人的声音

瞎子看见了看见第一次的日出

哑巴说话了他清晰无比……

写一首曲子传唱一千年"

M：这是现代诗，缀在音乐里。

安：对。好的"嘻哈"就是诗。但是好的少，烂的多。

M：金块和泥沙总是混在一起的。这也是流行文化的特征啊。

安：什么意思？

M：流行文化经过时间的筛子，泥沙被淘汰，金块被留下，留下的就被叫做经典或古典……

菩提本非树

第15封信

亲爱的安德烈：

你知道吗？我这一代人的音乐启蒙是欧美歌曲。小时候最爱唱的一首《忆儿时》："春去秋来，岁月如流，游子伤漂泊……"或者大家都会唱的"长亭外，古道边，芳草碧连天……"李叔同的歌词恬淡典雅，像宋词，所以我一直以为是中国的古典音乐，长大之后才知道曲子都是从美国或德国的歌曲改编的。

德国艺术歌曲在小学音乐课里教得特别多：《罗蕾莱》，《菩提树》，《野玫瑰》，《鳟鱼》……舒伯特的《冬之旅》里许多歌是我们从小就学唱的。你可以理解为什么当我后来到了德国，发现德国的孩子竟然不听不唱这些歌，我有多么惊讶。好像你到中国，发现中国孩子不读《论语》一样。

《菩提树》这首歌是很多台湾人的共同记忆，因为舒伯特的音乐哀愁，因为穆勒的歌词美丽，可能也因为，菩提树在我们的心目中，牵动了许多与智慧、觉悟、更高层次灵魂的追求有关的联想。

菩提树，桑科，学名叫 Ficus religiosa，属名 Ficus 就是榕树属（又称无花果树属），而种名 religiosa 说明了这是"信仰"树。三千多年前，释迦牟尼在中印度的摩揭陀国伽耶城南的菩提树下悟道成佛，因此这个在印度原有"吉祥树"之称的毕钵罗树，就被称为 Bodhi-druma，菩提树，"觉智"之树。而后阿育王的女儿带了一根菩提树的枝条，到了斯里兰卡古都的大眉伽林（Mahamegha），深深种下，到今天，那棵树仍旧枝叶葳蕤。而中国也在南朝时，也就是一千五百多年前，引进了菩提树，种在广州。我在今年一月到了广州光孝寺，去看六祖慧能剃度的那株菩提树，心中仍然万分的震动。你不知道慧能，我只能比喻，就仿佛你看见马丁·路德手植的一棵树吧。

然后我发现，你们根本不唱舒伯特的歌。是的，音乐老师教你们欣赏歌剧，聆听贝多芬的交响乐，分析舒伯特的《鳟鱼》，但是我们在学校音乐课里被当作"经典"和"古典"歌曲教唱的德国艺术歌曲，竟然在德国的音乐课里不算什么，我太讶异了。

"这种歌，"菲力普说，"跟时代脱节了吧！"

我有点被冒犯的感觉。曾经感动了多少"少年十五二十时"的歌，被他说"脱节"；这种歌怎么会"脱节"？我怒怒地瞪了他一眼。

舒伯特这首歌的德文名称是 Der Lindenbaum，中文和日文都被翻译做《菩提树》，于是当我到了东柏林那条有名的大街，Unter den Linden，以为夹道的应该就是"菩提树"了，但是那立在道旁的，却完全不是菩提树，而是一种我在台湾不曾见过的树。这究竟是什么树呢？它既不是菩提，为什么被译成"菩提"而被几代人传唱呢？

我花了好多时间搜索资料，查出来 Linden 可能叫做"椴树"，但我没见过椴树。打听之后，朋友说北京有我描述的这个树，于是，我搜集了 Linden 树的叶片、花、果实，带到北京去一一比对。总算确认了，是的，舒伯特《冬之旅》中的这首曲子，应该翻译做《椴树》。

椴树，学名是 Tiliaceae，属椴树科。花特别香，做出来的蜜，特别醇。椴树密布于中国东北。欧洲的椴树，是外来的，但是年代久远了，椴树成为中欧人心目中甜蜜的家乡之树。你知道吗，安德烈，从前，德国人还会在孩子初生的时候，在自己花园里植下一株椴树，相信椴树长好长坏就预测了孩子未来的命运。日耳曼人把椴树看做"和平"的象征，它的守护神就是女神芙瑞雅，生命和爱情之神。

追究到这里，我才恍然大悟，原来，有水井之处必有椴树，椴树对一个德国人而言，勾起的联想是温馨甜美的家园、和平静谧的生活、温暖的爱情和亲情。因此歌词是：

> 井旁边　大门前面
>
> 有一棵　椴树
>
> 我曾在树荫底下
>
> 做过甜梦无数……

舒伯特的漂泊旅人，忧苦思念的是他村子里的水井、椴树和椴树的清香所深藏的静谧与深情。

安德烈，我被这个发现震住了。因为，"菩提树"所蕴涵的意义和联想，很不一样啊。菩提树是追求超越，出世的，椴树是眷恋红尘，入世的。

至今我不知那翻译的人，是因为不认得椴树而译错，一错就错了将近一个世纪；还是因为，他其实知道，而决定以一个美学的理由故意误译。如果这首歌译成《椴树》，它或许不会被我们传唱一百年，因为"椴树"，一种从未见过、无从想象的树，在我们心中不能激起任何联想。而菩提树，却充满意义和远思。

最符合椴树的乡土村里意象的，对我们生长在亚热带的人而言，可能是榕树，但是，对黑龙江满植椴树的地方，这首歌或许就该叫《椴树》呢。

回到你的"嘻哈"音乐，亲爱的，我想可能也有一种所谓"文化的创意误解"这种东西。美国黑人所编的词，一跨海到欧洲，欧洲人所接收的意义就变了质。所以低俗粗暴的可能被当作"酷"，而在欧洲你认为是 Kitsch 的，可能被别的文化圈里的人所拥抱。音乐的"文本"，也是一个活的东西，在不同的时空和历史情境里，它可以像一条变色龙，我觉得不必太认真。

我的"秘密的、私己的美学经验"是什么？亲爱的，大概就是去找出椴树和菩提树的差别吧。

深爱你的

2005.4.30

第
16
封
信

藏在心中的小镇

MM：

我毕业了。

此刻，我正坐在阳台上。傍晚的阳光穿过树林，把长长的树影洒在地面上。刚下过一阵雨，到处还是湿的。我点起一根烟，给自己倒了一杯红酒，看天空很蓝。烟，一圈圈缓缓缭绕，消失，我开始想那过去的日子。

是不是所有毕业的人都会感到一种慢温温的留恋和不舍？我要离开了，离开这个我生活了一辈子的小镇——我的"家"。我开始想，我的"家"，又是什么呢？最重要的不是父母（MM别生气啊），是我的朋友。怎么能忘记那些星期天的下午，总是蹉跎逗留到最后一刻，假装不记得还有功课要做。在黑暗的大雪夜里，我们挤进小镇的咖啡馆喝热乎乎的茶。在夏日明亮的午后，我们溜到小镇公园的草坪去踢足球，躺在池塘边聊天到天黑，有时候水鸭会哗一声飞过我们的头。

一个只有两万人口的小镇克伦堡，听起来好像会让你无聊死，尤其对我们年轻人，可是，我觉得它是"家"，我感觉一种特别的眷恋。人们可能会以为，这么小的小镇，文化一定很单调，里头的居民大概都是最典型、最没个性、最保守的土德国人。其实正好相反，克伦堡国际得很。就拿我那三个最好的朋友来说吧，你或许还记得他们？

穆尼尔，是德国和突尼斯的混血，生在沙特阿拉伯，然后在迪拜、突尼斯长大。弗瑞第，跟我"穿一条裤子"的哥儿们，是德国和巴西的混血，除了德语之外会讲葡萄牙语、西班牙语、法语和英语。大卫——一看这名字你就知道他是犹太人。大卫的母亲是德国人，父亲是以色列人，所以他也会说意第绪语。然后是我自己，是德国和台湾的混血。我们四个死党走上街时，简直就是个"混血党"。但是你要知道，我们在克伦堡一点也不特别，我们这样的背景几乎是克伦堡小镇的"典型"。

死党外一圈的好朋友里面，我用手指可以数出来：印度人、巴基斯坦人、土耳其人、西班牙人、法国人、英国人、美国人、韩国人……当然，不同的文化背景确实有时候会引发争执，但是，大部分的时候，"混血儿"和"混血儿"还处得特别好，特别有默契。

譬如说，我们随便到一个空的足球场，准备踢球。不管认不认识，人数一够，就开始组队比赛。几乎每一次，会自然而然分成两队：德国队和国际队。凡是有国际背景的就自动归到国际队去了。这和种族主义没任何关系，大家只是觉得这样比较好玩。我自己从来没有因为我的中国血统（还是应该说"台湾血统"？很麻烦哩，MM）而受到过任何歧视。而且，我们常常开种族差异的玩笑。

昨天我和弗瑞第，还有弗瑞第的金发女朋友一起看足球赛。刚好是巴西对阿根廷——两个不共戴天的世仇。弗瑞第当然很激动地在为他的巴西队加油，我就故意给阿根廷加油。足球赛一定会引发政治和文化的冲突的，很快我们就变成真正在争吵，巴西人跟阿根廷人谁比谁傲慢、愚笨、丑陋等等。吵到一半，弗瑞第的女朋友好奇地问，"如果你们两个人都是纯粹德国人的话，会怎么吵法？"

我们愣了一下，然后两个人几乎同时说，"那我们会闷死，跳楼算了。"

多国文化，就像汤里的香料，使生活多了滋味。

　　我马上要去香港了，那是一个多么不一样的世界。我发愁的是，我怎么跟我的克伦堡朋友们说再见？你怎么跟十年来都是你生活核心的好友说再见，而心里又知道，人生岔路多，这种再见很可能是永远的？甚至那些你没有深交，但是很喜欢的人，你还没有机会去告诉他们你对他们的好感，以后，他们将从你的人生完全地消失。

　　我感觉一种遗憾，和忧愁。你或许会说，安德烈，人生就是这样，一条线往前走，没什么好遗憾的。我知道，但是，我还是觉得遗憾，不舍。

　　所以我坐在这阳台上，细细回想我们共有的美好时光，把回忆拥在心里，是得往前走，但是知道我从哪里来。

Andi

2005.7.7

第
17
封
信

你是哪国人？

安德烈：

　　我也听一个尼加拉瓜人这样讲阿根廷人：在酒馆里，一个尼加拉瓜人问另一个尼加拉瓜人，"Ego 是什么？"被问的人答道，"就是在我们每个人心中都有的一个小阿根廷人。"旁边一个阿根廷人听到了，站起来粗声质问，"你说'小'阿根廷人，什么意思？"

　　你不用道歉，我明白我不是你最重要的一部分。那个阶段，早就过去了。父母亲，对于一个二十岁的人而言，恐怕就像一栋旧房子：你住在它里面，它为你遮风挡雨，给你温暖和安全，但是房子就是房子，你不会和房子去说话，去沟通，去体贴它、讨好它。搬家具时碰破了一个墙角，你也不会去说"对不起"。父母啊，只是你完全视若无睹的住惯了的旧房子吧。

　　我猜想要等足足二十年以后，你才会回过头来，开始注视这没有声音的老屋，发现它已残败衰弱，逐渐逐渐地走向人生的"无"、宇宙的"灭"；那时候，你才会回过头来深深注视。

　　你毕业了。好几个镜头重叠在我眼前：你从幼稚园毕业，因为不了解"毕业"的意思，第二天无论如何仍旧要去幼稚园。到了那里一看，全是新面孔——朋友全不见了。你呆呆地站在门口，不敢进去，又不愿离去，就站在那门口，小小的脸，困惑、失落。"他们，"你说，"他们，都到哪里去了？"

　　然后，是上小学第一天。老师牵起你的手，混在一堆花花绿绿、叽叽喳喳的小学生里，你走进教室。我看着你的背影消失在门后，你的背着书包的背影。

在那个电光石火的一刻里，我就已经知道：和你的缘分，在这一生中，将是一次又一次地看着你离开，对着你的背影默默挥手。以后，这样的镜头不断重复：你上中学，看着你冲进队伍，不再羞怯；你到美国游学，在机场看着你的背影在人群中穿插，等着你回头一瞥，你却头也不回地昂然进了关口，真的消失在茫茫人海中。

毕业，就是离开。是的，你正在离开你的朋友们，你正在离开小镇，离开你长大的房子和池塘，你同时也正在离开你的父母，而且，也是某一种永远的离开。

当然，你一定要"离开"，才能开展你自己。

所谓父母，就是那不断对着背影既欣喜又悲伤、想追回拥抱又不敢声张的人。

你有一个"家"，而这个"家"是克伦堡小镇，安德烈，这不是偶然的。这要从你的母亲开始说起。如果你用英文 google 一下你母亲的履历，你会发现这么一行描述："生为难民的女儿，她于一九五二年出生在台湾。"难民，在英文是"庇护民"（refugee），在德文是"逃民"（Flüchling）。所谓"逃难"，中文强调那个"难"字，德文强调那个"逃"字。为了逃离一种立即的"难"，"逃民"其实进入一种长期的、缓慢的"难"——抛弃了乡土，分散了家族，失去了财产，脱离了身份和地位的安全托付，被剥夺了语言和文化的自信自尊。"逃"，在"难"与"难"之间。你的母亲，就是二十世纪的被历史丢向离散中的女儿，很典型。

所以，她终其一生，是没有一个小镇可以称为"家"的。她从一个小镇到另一个小镇，每到一个小镇，她都得接受人们奇异的眼光；好不容易交到了朋友，熟悉了小镇的气味，却又是该离开的时候了。她是永远的"插班生"，永远的"new kid on the block"。陌生人，很快可以变成朋友，问题是，朋友，更快地变成陌生人，因为你不断地离开。"逃民"被时代的一把剑切断了她和土地、和传统、和宗族友群的连结韧带，她飘浮，她悬在半空中。因此，她也许对这个世界看得特别透彻，因为她不在友群里，视线不被挡住，但是她处在一种灵魂的孤独中。

这样的女儿长大，自己成为母亲之后，就不希望儿女再成"逃民"。她执意要给你一个家，深深扎在土地上，稳稳包在一个小镇里，希望你在泥土上长大；希望你在走向全球之前，先有自己的村子；希望你，在将来放浪天涯的漂泊路途上，永远有一个不变的小镇等着接纳你，永远有老友什么都不问地拥你入怀抱。她不要你和她一样，做一个灵魂的漂泊者——那也许是文学的美好境界，却是生活的苦楚。没有人希望她的孩子受苦，即使他可能因为苦楚而变得比较深刻。

我感觉到你信里所流露的惆怅和不舍。难道，你已经知道，"毕业"藏着极深的隐喻？难道，你已经知道，你不仅只在离开你的小镇，你的朋友，你同时在离开人生里几乎是唯一的一段纯洁无忧的生活，离开一个懵懂少年的自己，而且是永远地离开？那些晨昏相处、相濡以沫的好朋友们，安德烈，从此各奔四方，岁月的尘沙，滚滚扑面，再重逢时，也已不再是原来的少年了。

我又想起你站在幼稚园门口徘徊的那一幕。

是的，我记得克伦堡的街坊国际人多、混血儿多。所以我很高兴你一点也不特出。也因为小镇种族和文化多元，所以我这"外籍妈妈"在任何场合坚持和你们说中文，一点儿也不引人侧目，而且德国人羡慕你们在双语或甚至于三语的环境里成长。也因此，你知道吗，安德烈，在台湾，每八个初生的婴儿里有一个是"外籍妈妈"生的，但是很多台湾人并不尊重这些"外籍妈妈"的文化和语言——越南语、马来语、菲律宾语……在许多人心目中，这些都是次等的文化和语言，以强势文化的姿态要求这些"外籍妈妈"们"融入"台湾，变成台湾人。我想，如果德国人以强势文化的高姿态要求我不要和我的孩子说中文，要求我"融入"，变成德国人——你觉得我会怎么反应呢？

学会尊重异文化真需要很长的时间。你刚好成长在德国一个比较好的时期，五十年前的德国人，我相信，不是现在这样的宽容的。纳粹时期不说，五十年代对土耳其人的态度也是很糟的。可是国际化真的可以学习，或许对于台湾人，也只是一个时间的问题而已。但是，那时间很长，而现在在那里养儿育女的"外籍妈妈"日子可不好过，他们的孩子也被剥夺一个多元的、为母语骄傲的教育环境。

我最近也碰到一些"奇怪"的人，"奇怪"在于，身份复杂到你无法介绍他。我们还是习惯地说，他是日本人，他是法国人，他是印度人等等，但是对伊里亚你怎么办。我们都是柏林国际文学奖的评审，十个评审分别来自十个语文区，我负责华文区域。伊里亚坐在我旁边，我问他，"你来自哪里？"标准的见面的问候吧。但是，他沉吟了半天，然后说，"我拿的是德国护照。""喔"，我知道，麻烦了。他自己也不知该怎么回答"你来自哪里"这个古老而原始的问题。

伊里亚出生在保加利亚，所以说斯拉夫语系的保加利亚语。六岁时，父母带着他逃亡到德国，为他取得了德国护照，作为保护。然后他们迁居非洲肯尼亚，他在肯尼亚上英文学校，所以他会英语和流利的非洲 Swahili。高中毕业之后他回慕尼黑上大学，取得博士学位，于是德文变成他写作的语言。

之后他到孟买去住了六年，又到阿拉伯去生活了几年，信仰了回教成为一个虔诚的穆斯林……

"你是哪国人？"

这个问题，在大流动的二十一世纪，真的愈来愈不好回答呢。然后，我在香港遇到了"柔和"。"柔和"是一个印度名字，长得也像个印度人，有着很柔和的眼睛。他若是走在某一个城市某一条街上，人们可能直觉地以为他来自印度或巴基斯坦。但是，不，他是香港"原住民"，已经有好几代的家族出生在香港，比满街的香港中国人要香港得多。他讲英语，拿英国护照，但他是香港人，可是由于血统，他又不被承认是"中国"人；看起来像印度人，但是他和印度关系不深……

"你是哪国人？"你要他怎么回答呢？

所以我在想，全球化的趋势这样急遽地走下去，我们是不是逐渐地要抛弃"每一个人一定属于一个国家"的老观念？愈来愈多的人，可能只有文化和语言，没有国家；很可能他所持护照的国家，不是他心灵所属的家园，而他所愿意效忠的国家，却拒绝给他国籍；或者，愈来愈多的人，根本就没有了所谓"效忠"的概念？

可是不管国家这种单位发生了什么根本的变化，有了或没了，兴盛了或灭亡了，变大了或变小了，安德烈，小镇不会变。泥土和记忆不会变。

我很欢喜你心中有一个小镇，在你驶向大海远走高飞之前。

2005.7.11

哪里是香格里拉？

亲爱的安德烈：

　　菲力普和我到了香格里拉。

　　其实已是清晨两点，怎么也睡不着，干脆起身给你写信。睡不着，不是因为窗外的月光太亮，光光灿灿照进来，照白了半片地板；也不是因为荒村里有只失神的公鸡，在这时候有一声没一声地啼叫；也不是因为晚上在一个藏民家里喝了太多酥油茶，无法入睡。是因为这三千五百公尺的高度，氧气稀薄，人一躺下来，在静夜中，只听见一个巨大的怦怦响声，从体内发出，好像有人在你身体里植入了一张鼓，好像你的身体被某个外来部队占领了。

　　我跟菲力普说我们去香格里拉时，他很惊奇："香格里拉？不是那个连锁饭店吗？"不是的，我说，饭店窃取了中国西南高原上的一个地名，香格里拉是藏语，据说意思是"心里的日和月"，或者"圣地"。中国西南，是满身长毛牦牛吃草的地方，是野花像地毯一样厚、铺满整个草原的地方，是冰河睡了不醒的地方。怕他不愿意去，我把我心中想象的香格里拉描绘给他听。

　　香格里拉其实是个小镇，小镇原来叫中甸，"甸"，是草原的意思。中甸政府把小镇的名字正式改称香格里拉，意图不难猜测，大概就是想用这个西方人熟悉的名字来吸引观光客。但是，想象这个：哪天哪个城市决定改名叫"乌托邦"，于是我们就会在机场里听见广播："搭乘 KA666 飞往乌托邦的旅客请到三号门登机"，怪不怪？

　　藏传佛教中有"香巴拉"古国的传说，纯净的大自然中人们过着和谐、正义、幸福的生活，和汉人流传的"桃花源"一样，是一个理想国乌托邦的神话，让人憧憬，却绝不可能实现。英国作家希尔顿在一九三三年写了《消失的地平线》，把"寻找香格里拉"当作小说的主题，成了畅销书，又拍成电影，编成音乐剧，"香格里拉"变成跨国连锁饭店的名字，是标准的文化"产业化"的过程。晶莹剔透的高山湖泊、淳朴可爱的藏族民风、静谧深远的心灵世界，都变成具体的可以卖的货品了。我本来想说，中甸把自己的名字改为香格里拉，实在有点像——孔雀说自己是麒麟。何必呢？活在人们的想象里，麒麟永远焕发着无法着墨、不能言传的异样光彩；一落现实，想象马上被固化、萎缩、死亡。然而，安德烈，香格里拉都变成五星级饭店的名字了，我还该计较中甸加入这焚琴煮鹤的"文化产业化"的全球队伍吗？

我还是称这小镇中甸吧。到了中甸，我迫不及待想去看草原，"天苍苍，野茫茫，风吹草低见牛羊"那无边无际的草原。还想象，跟天一样大的草原上有莫名所之的野马，"胡马，胡马，远放燕支山下，跑沙跑雪独嘶，东望西望路迷。迷路，迷路，边草无穷日暮。"（这首诗，翻成英文可就境界全失了——没办法，安德烈。）

热情的朋友带我们去看草原，我就带着这样的憧憬上了他的吉普车。没想到，五分钟就到了。草原似乎就在前面，但是前面那难看的房子是什么？而且有人排队，在买门票。

原来，政府把草原交给私人去"经营旅游"，私人就在草原入口处搭出几间小房子和一圈栅栏，收费。

我的天一样大的草原，竟然就圈在那栅栏内。

我像一个用最高速度往前冲刺的运动员撞上一堵突然竖起的墙。啊，我的"边草无穷日暮"……

我曾经看过信徒祈祷、香火鼎盛的寺庙被栅栏围住，收门票。也看过宫殿和王府被关起来，收了门票才打开；也看过古老的村子被圈起来——连同里头的人，收门票。但是，天一样大的草原，地一样老的湖泊，日月星辰一样长长久久的野花，青草怒长无边无际的山谷，也被围起来，收门票——唉，可真超过了我能忍受的限度！

可是，我能做什么？

主人仍旧想让我们看到美丽的大草原，吉普车在荒野的山里走了二十公里。路边的山坡上全是矮矮的小松。"从前，"他说，"这儿全是原始森林，树又高又大，一片幽深。后来全砍光了。"

下过雨，泥土路被切出一条条深沟，吉普车也过不去了，而大草原，就在山的那一边。我们转到湖边。缴费，才能进去。

安德烈，我们是在接近赤道的纬度，但是眼前这湖水，完全像阿尔卑斯山里的湖：墨色的松树林围着一泓澹青透明的水，水草在微风里悠悠荡漾，像是一亿年来连一只小鹿都没碰过，洪荒初始似的映着树影和山色。人们说，野杜鹃花开时，满山艳红，映入水中有如红墨水不小心倾倒进湖里，鱼都会迷航。

菲力普和我在细雨中行走，沿着湖向山中去。走了大约两公里，一个藏族老妇人超越了我们，她背着一个很大的竹篓，里头放着些许药草。和我们擦身时，她问，"你们去哪里？"

"不去哪，我们散步，"我说，"老太太您去哪？"

"去牧场，"她慢下脚步，把背上的竹篓绑紧。

"大草原？"我又心动了，也许，我们可以跟着她走？"您还要走多远啊？"

"很近，"她笑着说，"山那边转个弯，再走十公里，就到了。"

"十公里？"我和菲力普大惊失声，"您要走十公里？"

已经近黄昏，老太太独自背着竹篓，正要走进深山里去。

"很近啊，"她说，"我的牛和马都在那儿等着我哪。"

我们就看着她的背影，在山谷中愈来愈小。经过山谷中间一片沼泽时，她弯下腰来似乎在系鞋子，然后穿过那片沼泽，在山路转弯、松林浓密的地方，不见了。

她是个牧人，用脚测量大自然有如我们用脚测量自己的客厅，大山大水大自然是她天赋的家。旅游经营者的圈地为店，观光客的喧闹嚣张——安德烈，你有没有想过，为什么在第三世界，"开发"就等于"破坏"？用国家的力量进行开发，就等于用国家的力量进行破坏，那种破坏，是巨大的。

这一片香格里拉的土地，听说都被纳入联合国的文化遗产保护区了。我们在一片野花像发了疯地狂长的草原边停下来，想照相；被人喝住：不能照，先交钱！

我恨不得把那人拖过来踹他几脚。可是——能怪他吗？

那只笨鸡又在叫了，才三点钟。月亮移了一整格。搞不好，月光也造成鸡的失眠。旅馆，就在一个喇嘛庙旁，山坡上。金顶寺庙的四周是错落有致的石头房子，僧侣的住处，远看很像地中海的山居面貌。石屋的墙壁因为古老失修而泛黄，更添了点油画的美感。但是下午我走进去了，在狭窄的巷子里穿梭了一阵，才看见那些房子破败的程度。院墙垮了，墙顶长出一丛一丛的野草。窗户松了，门破了，瘦弱的老狗从门里进出。一个看起来只有十二岁的小僧人在挑水，两桶水、一支扁担，扛在肩上；他赤着脚，地上泥泞。

就在那破墙外边，我们听见一种声音从屋里传来，低低的、沉沉的混声，好像从灵魂最深的地方幽幽浮起。那是僧侣的晚课祈祷……

在大庙里，刚下了旅游大巴的观光客，一群一群走过光影斑驳的圣殿，几个僧人坐在香油钱箱旁，数钞票；钞票看起来油腻腻的。

你的 MM.

2005.9.10

问题意识

MM：

　　才从意大利回来。和三个朋友在露佳浓湖畔泡了几天。我们逃离德国的阴暗，奔向南方的阳光。你很熟悉的那个小屋，屋前是瑞士，屋后是意大利。我们很懒，哪里都不去，就在阳台上对着湖水喝酒、聊天、听音乐。我们到意大利那一边的小村子去买菜，然后回来自己煮饭。月亮懒懒地从湖里浮起来，肿肿的；音乐从厨房里飘过来，我称这"好时光"。很多人喜欢去热闹的酒馆或者跳舞，但是我最喜欢的是跟朋友在一起，不管是一个安静的小酒馆，或者只是一个无聊的阳台，从谈话里一点一点认识你的朋友的思想和心灵，或者言不及义大笑一通，是我觉得最自在的时候。

　　我想我懂你在说什么，虽然我还没去过那样令人震撼的地方。你看见的那些问题，会不会都是因为贫穷？因为贫穷，所以人才会想尽办法赚钱，不计较手段、不思考后果地去吸引观光客？可是，MM，比这些问题更严重的事太多了吧。贫富不均本身不是更糟吗？

　　欧洲和美国本来在自己内部有贫富不均的问题——你看狄更斯的小说就知道。现在这些发达国家把自己内部的问题大致解决了，我的意思是说，至少不像十九世纪那么明显了，但是，贫富不均变成富国跟穷国之间的问题——富国把问题扫到第三世界去了。在我们这些"富国"里，MM，我觉得年轻人的心理压力蛮大的。大家都觉得，哇，全球化来了，全球化就是全球竞争，所以每个人都拼命"上进"，用功读书，抢好成绩，早一点进入工作市场，不能输……这跟六十年代什么理想青年、革命情怀是完全不一样了，而我觉得我们是被逼着变成这样利己又保守的一代。当我们的心思都在如何保障自己的未来安全的时候，我们哪里有时间去想一些比较根本的问题。

我想到一个月前，好几个城市同时举办的热门音乐会，"Live 8"，吸引了上百万的人。主办的人打出的口号是："让贫穷变成历史！"但是这一次，募款不是目的，而是要人们给八大强国的政治人物施加压力，要求他们消灭贫穷。这大概是有史以来最大的一次演唱会，但是，我觉得，大家去听音乐，听完又怎么样？年轻人去听演唱，最记得的大概是见到了哪个好久不见的乐团，演唱会真正的用意，一下就忘得光光的。再譬如说南亚海啸。死那么多人，激起那么大的热情，现在谁在谈它？

这个世界变得那么快，讯息那么多、那么满，我们脑子里根本就塞不下那么多事情了。当然是有很少数的年轻人会选择到偏远地区去工作或者捐款，这很高贵，但是我在想，恐怕还是"问题意识"更重要吧？

我是说，如果买耐克球鞋的人，会想到耐克企业怎么对待第三世界的工人；如果在买汉堡的时候，有人会想到赚钱赚死的麦当劳，付给香港打工仔的工钱一小时还不到两块美金；如果买阿斯匹林头痛药的人，在买的时候会想到，这些跨国药厂享受巨大的利润，而非洲染了艾滋病的小孩根本买不起他们的药。如果带着这种觉悟和意识的人多一点，这个世界的贫富不均会不会比较改善？

我从来不给路上伸手的人钱，因为我不觉得这是解决问题的办法，让每个人都有"问题意识"才是重点。可是我自己其实又软弱又懒惰的，说到也做不到。就这样了。

Andi

2005.9.15

安德烈——德国时间下午四时
MM、菲力普——香港时间晚上十时

M：你从来不给乞丐钱？

安：不给。因为他拿了钱就会去买啤酒。干嘛给？

菲：可是你如果在香港就应该给。这里的乞丐是活不下去才上街的。

安：好嘛。可能香港不一样。

M：你说的"问题意识"，是什么意思？难道你在说，"我知道第三世界有贫穷
问题"，这就够了吗？

安："知道"，不是"意识"。Knowing 不是 having awareness。

M：如何？

安：知道，就只是知道。有"问题意识"指的是，在你自己的行为里，因为知
道非洲每天有小孩饿死，而使得你决定做某些事或不做某些事，这叫做有
"问题意识"。

M：好，那你是不是一个对这个世界很有"问题意识"的人？举例说明吧，你
的有所为，有所不为的，是些什么？

安：……我是个自觉程度很低的人啊，我只是觉得自觉很重要。

M：说说看嘛。

安：……譬如说，我尽量不喝星巴克的咖啡。我基本上不去超市买东西——我
去个人开的小店买，即使贵一点，我也愿意。我不去连锁店买光碟或买
书……喔，还有，我不吃濒临绝种的动物，也不买动物的皮毛……

菲：我们在云南就不买豹皮。可是安德烈，你在香港，不去星巴克或者太平洋
咖啡，就没地方去了。

M：安德烈，我发现你不随手关灯，也不在乎冷气一直开。你对环境没什么"问题意识"是不是？

安：对啊。

菲：你应该去买德国力荷牌啤酒。他们说，你买他一箱啤酒，就救了一平方公尺的南美雨林——因为他们捐出一定比例的利润拯救雨林。

安：两种品牌放在我面前的时候，我就会拒绝买那个没有道德承担的，譬如说，特别粗暴地剥削第三世界的厂商的品牌。

M：那你有很多牛仔裤是不能买的。台湾商人在尼加拉瓜的工厂，每一条牛仔裤在美国卖出 21.99 美元，给工人 20 分钱。

菲：妈妈没资格批评人家啊。她自己都是到超市去买菜的。

M：喂，香港是"李家城"你知道不知道啊？别说超市了，你的电话、电灯、公交车、船运，你读的报纸，你上的学校，你住的房子，你生产还有临终的医院，生老病死都给一家包掉了。不过……我并不总是去超市的，有时间的时候，我会老远坐电车跑到湾仔老街市去买花。

菲：可那不是要被拆了吗？

M：……

安：哈哈，那妈妈去澳门买菜吧。

菲：安德烈，澳门是赌王何家的啦。

在一个没有咖啡馆的城市里

亲爱的 MM：

　　我成了香港大学的学生，你却又去了台湾。你一定好奇我的港大生涯是什么样？

　　几乎一天之内就认识了一缸子人，不过全是欧美学生。你只要认识一个，就会骨牌效应认识一大串。第一天，见到一个高个子，蓝眼睛金头发，那是奥地利来的约翰。他直直走过来，问我要不要去浅水湾游泳。到了浅水湾，海滩上已经有十几个人横七竖八躺着，在晒香港的太阳。一发现我会讲德语，马上就有几个德语国家的同学来跟我认识。他们是奥地利或德国或瑞士人，可是都在外国读大学——荷兰、英国或美国等等，然后来香港大学做一学期的交换学生。

　　好啦，我知道你要啰唆，喂安德烈，你要去结交香港本地生，你要去认识中国大陆学生！我不是没有试过，可是真的很难。

　　国际学生自成小圈圈，不奇怪。大部分人都是第一次接触亚洲，在一个完全陌生的环境里摸索。就拿有名的香港小巴来说吧。没有站牌，也没有站，你要自己搞清楚在哪里下，最恐怖的是，下车前还要用广东话大叫，用吼的，告诉司机你要在哪里"落"。国际学生就这样每天在互相交换"香港生存情报"。我比他们稍好一点，小时候每年跟你去台湾，对亚洲好像比他们懂一点，但是懂一点跟"泡"在那个文化里是很不一样的。因为没有真正在这里生活过，我也只能是一个旁观者，从欧洲的角度。

　　国际学生跟本地生很少交往，我觉得还有一个原因，就是语言障碍。港大的所有课程都是英语教学，所以你会以为学生的英语一定是不错的。告诉你，事实不是如此。我发现，很多学生确实能读能写很优秀，但是，他们讲得非常吃力。大部分的学生不会用英语聊天。香港学生可能可以用文法正确的英语句型跟你讲爱因斯坦的相对论是什么东西，但是，你要他讲清楚昨天在酒吧里听来的一个好玩的笑话，他就完了，他不会。

　　但是，你也不要以为国际学生就是一个团体，才不是。里面还分出很多不同圈圈。譬如说，美国和加拿大来的就会凑在一起；欧洲来的就另成一个小社会。你可能要问，是以语言区分吗？不是，因为我们——德国人、西班牙人、荷兰人、意大利人在一起聊天，也是讲英语。所以我觉得，应该是比语言更深层的文化背景造成这种划分——你很自然地和那些跟你成长背景接近的人交朋友。美加来的和欧洲来的，差别大吗？我觉得蛮大的，虽然那个区分很微妙，很难描述。文化气质相近的，就走到一起去了。

　　怎么说我的港大的生活呢？表面上，这里的生活和我在德国的生活很像：学科跟时间安排或许不同，但是课外的生活方式，差不多。功课虽然还蛮重的——我必须花很多时间阅读，但是晚上和周末，大伙还是常到咖啡馆喝咖啡、聊天，也可能到酒吧跳舞，有时就留在家里一起看电视、吃披萨，聊天到半夜。

　　你问我愿不愿意干脆在香港读完大学？我真的不知道，因为，两个月下来，发现这里的生活品质跟欧洲有一个最根本的差别，那就是——我觉得，香港缺少文化。

　　我说"文化"，不是指戏剧、舞蹈、音乐演出、艺术展览等等。我指的是，一种生活态度,一种生活情趣。用欧洲做例子来说吧。我享受的事情,譬如说,在徒步区的街头咖啡座和好朋友坐下来,喝一杯意大利咖啡,在一个暖暖的秋天午后,感觉风轻轻吹过房子与房子之间的窄巷。美好的并非只是那个地点,而是笼罩着那个地点的整个情调和氛围,一种生活方式,一种文化的沉淀。

酒吧跟咖啡馆,在欧洲,其实就是社区文化。朋友跟街坊邻居习惯去那里聊天,跟老板及侍者也像老友。香港却显得很"浅"——不知道这个词用得对不对。这里没有咖啡馆,只有蹩脚的连锁店星巴克和太平洋咖啡,要不然就是贵得要死其实根本不值得的大饭店。至于酒吧?酒吧在香港,多半只是给观光客喝个不省人事的地方。还没醉倒在地上的,就站在那里瞪着过路的亚洲女人看。一个典型的兰桂坊或湾仔酒吧里,人与人之间怎么对话?你听听看:

酒客甲:乐队不烂。

酒客乙:我喜欢女人。

酒客甲:我也是。

酒客乙:要点吃的吗?

酒客甲:对啊,我也醉了。

酒客乙:乐队不烂。

酒客甲:我喜欢女人……

吧啦吧啦吧啦,这样的对话可以持续整个晚上。人与人之间,有语言,但是没有交流。

　　我也发现，在香港，人们永远在赶时间。如果他们在餐厅、咖啡馆或者酒吧里会面，也不过是为了在行事历上面打个勾，表示事情做完了。这个约会还在进行，心里已经在盘算下一个约会的地点和交通路线。如果我偷看一个香港人的日历本的话，搞不好会看到——"九点十五分至九点四十五分跟老婆上床，十点三十分置地广场，谈事情"。每一个约会，都用"赶"的，因为永远有下一个约会在排队。好像很少看见三两个朋友，坐在咖啡馆里，无所事事，就是为了友情而来相聚，就是为了聊天而来聊天，不是为了谈事情。

　　我有时很想问走在路上赶赶赶的香港人：你最近一次跟朋友坐下来喝一杯很慢、很长的咖啡，而且后面没有行程，是什么时候？

　　我乱想，可能很多人会说：唉呀，不记得了。

　　人跟人之间愿意花时间交流，坐下来为了喝咖啡而喝咖啡，为了聊天而聊天，在欧洲是生活里很大的一部分，是很重要的一种生活艺术。香港没有这样的生活艺术。

　　国际学生跟本地学生之间没有来往，你说，会不会也跟这种生活态度有关呢？

Andi

2005.10.9

读者来信

安德烈：

　　我觉得你不知道香港人忙到什么程度。我们不能和欧洲人一样，每一分钟都在做爱——性，对我们不是那么重要，我们也没那么多时间做爱。香港人的生活内容就是工作、开会、工作、开会，假日还要做义工，然后又是工作、开会。

　　一个典型的香港上班族时间表是这样的：
　　早上八点~晚上七点　工作
　　晚上七点~晚上十点　加班，要不然就是做另一份工
　　晚上十点~晚上十一点半　看电视
　　晚上十一点半~凌晨一点　跟朋友网上交谈
　　凌晨一点~早上六点　睡觉
　　早上六点~　起床，工作开始

　　一个典型的香港大学生作息是这样的：
　　早上八点半~下午四点半　上课
　　下午四点半~晚上六点半　跟同学讨论作业
　　晚上六点半~晚上八点半　打工
　　晚上八点半~晚上十点半　打第二份工
　　晚上十点半~晚上十二点半　读书／上网跟朋友聊天
　　晚上十二点半~早上六点　睡觉
　　早上六点~　起床，工作开始

　　周末，也要加班，工作。礼拜天，我们就是睡睡睡，把睡眠补回来，然后是礼拜一，

工作又开始了。

安德烈，你们欧洲学生的生活内容：

上课，聊天，谈文化，喝咖啡、啤酒，读书，旅游，休息，谈文化，聊天，喝咖啡、啤酒……是这样的吗？

妮妮

. . . . . .

妮妮：

你把我们欧洲学生的生活内容全搞错了。事实上，我们并非一整天都在喝咖啡、灌啤酒、聊天的。我们起床之后第一件事就是性交，从早上到晚上，然后就去睡觉，第二天精神饱满地起床，又开始一整天的做爱。

安德烈

安德烈：

　　你在跟我开玩笑吧？看到你的回信，我不禁深呼吸——这真的是你的作息表，还是你从电影里看来的？我也爱看电影，欧美片里也确实好像每个人无时无刻都在做爱——可是，这只是电影，不是真的吧？我认识几个交换学生，从瑞典、法国、比利时来的，可是他们看起来很正常，也蛮认真的。是不是——他们是少数例外呢？

妮妮

· · · · · ·

妮妮：

　　上封回信是讽刺的。事实上，我哪有能力过你"认为"我们欧洲人过的日子！我会那样回复你是因为你的信给我一种印象，好像世界上只有香港人会努力工作，外国人都是饱得没事干的懒货。也许我误会了你的意思吧。

安德烈

安德烈：

　　香港虽然没有咖啡馆文化，可是香港有餐馆文化。餐馆里比较吵，没有错，可是中国人本来就喜欢热闹。我们一家人祖孙三代每个星期日都会固定到一家餐厅，那里的服务生和经理都认识我们一家人，这难道不是"社区文化"吗？

　　我喜欢你的文章，但是觉得也许你还没理解香港文化。

TNW

. . . . . .

TNW：

　　谢谢来信。我的重点不在于是不是咖啡馆，也不在于"吵闹"。咖啡馆里头也可以很吵闹。再说，咖啡馆也并非欧洲所独有，台北就是一个例子，那里有特别多的咖啡馆，各种风格的。我其实是在说一种生活方式。你要先有闲适的生活方式，有时间宁静思索，有时间和朋友深谈，有时间感觉一个微风习习的下午，才会有咖啡馆或茶馆文化。重点不是在讲咖啡馆，重点是生活方式。香港有餐厅、茶餐厅、咖啡馆，可是不管什么样的地方，人们都是匆匆进来匆匆走的，不是吗？没有一种地方，人们是闲适的，不是吗？我的用意也不在批评香港，因为我实在很喜欢香港。只是，喜欢香港的人就会希望香港更可爱，是不是？

安德烈

安德烈：

　　收到你的信后，我再次细读你的文章。

　　是的，我想我懂你意思了。

　　我回头去问我妈：为什么你每天从早忙到晚？

　　她说，我想把事情忙完，那周末就能好好休息了。

　　可是，周末她一样忙。我想，她这一代人，相信"苦尽甘来"，问题是，永远是"苦"，"甘"总不来。

　　另外，很可能是一种"香港心态"在驱策我们。你看报纸上永远在说，香港在国际什么什么评比上名列第几名，然后说，在什么什么上面我们要被上海比过去了，被深圳、被东京、被首尔比过去了。然后我们就拼命继续工作、工作、评比、评比。不但跟别人比，还要跟死去的人比，说，上一代打下的基础，我们这一代要如何如何才能维持"竞争优势"。

　　看样子，香港就是这样了。

TNW

安德烈：

　　我是个港大学生，此刻正在墨尔本做交换学生。也许我是个土生土长的香港人吧！看了你的文章，似乎想为香港学生"平反"些什么。在墨尔本，国际学生和本地生也是没什么来往的。我来了几个月了，也没交到一个本地澳大利亚朋友。我也以为是自己的英文太烂吧，但是，发现美国的交换生在这里也和本地生没什么来往，所以可能不只是香港学生的问题吧。

　　但有一点你说得很对，香港学生的英文只能用在课堂上。在这里我深深感受到。现在我和四个美国女孩住在一起，起初的一个月我大部分时间只想把自己锁在房内，因为和她们谈话实在令我很沮丧——我根本无法用英语和她们聊天。我是读法律，能做很好的课堂报告，但到了真的要和她们聊天的时候，我什么都说不出来。

　　虽然如此，我很享受这种被不同文化冲击的感觉。希望你也享受在香港大学的生活。

乔安妮

第21封信

文化，因为逗留

亲爱的安德烈：

　　阳台上的草木有没有浇水？那株白兰花如果死了，我跟你算账。

　　每个礼拜四下午，一辆绿色大卡车会停在沙湾径 25 号。有个老伯伯在里头卖蔬菜。他总是坐在那暗暗的卡车里看报纸，一只画眉鸟在笼子里陪他，声音特别亮。他的蔬菜像破鞋子一样包在纸堆里，可是打开时，又明明是新鲜干净的农家菜。他说他这样卖蔬菜已经五十年了。

　　我的意思是，希望你去买他的菜。我们支持"小农经济"吧。

　　然后，我们就能谈香港了。

　　没想到，你这么快就发现了香港的重大特征。刚来香港的时候，有一天我逛了整个下午的书店。袋子里的书愈来愈重但是又不想回家，就想找个干净又安静的咖啡馆坐下来。如果是台北，这样的地方太多了。钻进一个宁静的角落，在咖啡香气的缭绕里，也许还有一点舒懒的音乐，你可以把整袋的新书翻完。

　　那天很热，我背着很重的书，一条街一条街寻找，以为和台北一样，转个弯一定可以看到。可是没有。真的没有。去茶餐厅吧，可是那是一个油腻腻、甜滋滋的地方，匆忙拥挤而喧嚣，有人硬是站在你旁边瞅着你的位子。去星巴克或太平洋吧，可是你带着对跨国企业垄断的不满，疑惧他们对本土产业的消灭，不情愿在那里消费。而即使坐下来，身边也总是匆忙的人，端着托盘急切地找位子。咖啡馆里弥漫着一种时间压迫感。

去大饭店的中庭咖啡座，凯悦、半岛、希尔顿、香格里拉？那儿宽敞明亮，可是，无处不是精心制造、雕凿出来的"高级品味"。自己是旅客时，这种地方给你熟悉的方便和舒适，但是，作为"本地人"，你刚刚才穿过人声鼎沸的街头市场，刚刚才从两块钱的叮当车下来，刚刚才从狭窄破旧的二楼书店楼梯钻出来，你来这种趾高气扬、和外面的市井文化互成嘲讽的地方寻找什么？而且，安德烈，你可能觉得我过度敏感——亚洲的观光饭店，即使到了二十一世纪，我觉得还是带着那么点儿租界和殖民的气味，阶级味尤其浓重。

那天，我立在街头许久，不知该到哪里去。

我们在谈的这个所谓"咖啡馆"，当然不只是一个卖咖啡的地方。它是一个"个人"开的小馆，意思是，老板不是一个你看不见摸不着的抽象财团，因此小馆里处处洋溢着小店主人的气质和个性；它是社区的公共"客厅"，是一个荒凉的大城市里最温暖的小据点。来喝咖啡的人彼此面熟，老板的绰号人人知道。如果因缘际会，来这里的人多半是创作者——作家、导演、学者、反对运动家……那么咖啡馆就是这个城市的文化舞台。

你还不知道的是，香港文人也没有台北文人"相濡以沫"的文化。文人聚在一起，一定是有目的的：谈一件事情，或是为一个远来的某人洗尘。目的完成，就散，简直就像"快闪族"。

有没有注意到，连购物商厦里，都很少让人们坐下来休息谈天的地方。它的设计就是让人不断不断地走动，从一个店到下一个店，也就是用空间来强制消费。如果有地方让人们坐下来闲聊，消费的目的就达不到了。

　　容许逗留的地方，都是给观光客、过路者的，譬如兰桂坊的酒吧、大饭店的中庭。可是，他们真的只是过路而已。而真正生活在这个城市的人，却是没有地方可以逗留的。家，太狭窄，无法宴客。餐厅，吃完饭就得走。俱乐部，限定会员。观光饭店，太昂贵。人们到哪里去"相濡以沫"，培养社区情感？问题是，没有社区情感，又哪里来文化认同？

　　你再看，安德烈，香港有那么长的海岸线，但是它并没有真正的滨海文化。那样璀璨的维多利亚海港，没有一个地方是你可以和三五好友坐在星空下，傍着海浪海风吃饭饮酒、唱歌谈心、痴迷逗留一整晚的。法国、西班牙、英国，甚至新加坡都有这样的海岸。你说，尖沙咀有星光大道呀。我说，你没看见吗？星光大道是为观光客设计的——一切都是为了赚钱，不是为了让本地人在那儿生活、流连、生根。

　　这个城市，连群众示威的大广场都没有。群众示威，和咖啡馆酒吧里的彻夜闲聊一样，是培养社区共识的行为，对加深文化认同多么关键。示威游行，绝对是极其重要的一种"逗留文化"。但是，香港是个没有闲人、"请勿逗留"的城市。

　　你说香港"没有文化"，安德烈，如果"文化"做宽的解释，香港当然是有文化的：它的通俗文化、商业文化、管理文化、法治文化，甚至它的传统庶民文化等等，都很丰富活跃，很多方面远远超过任何其他华人城市。但是当我们对"文化"做狭义的解释——指一切跟人文思想有关的深层活动，香港的匮乏才显著起来。

　　在欧洲，咖啡馆是"诗人的写作间"，"艺术家的起居室"，"智慧的学堂"。巴黎的"花神"咖啡馆（Café de Flore）是西蒙·波伏娃逗留的书房，Le

Procope 是莫里哀和他的剧团夜夜必到、百科全书家逗留的酒馆。塞纳河畔的 Deux Magots 和 Brasserie Lipp 是超现实主义派和存在主义哲学家逗留的地方。斯威夫特（Swift）在伦敦的威尔咖啡馆（Will's）逗留，那是个文学沙龙，几乎主宰了十七世纪的英国文学。罗马的古希腊咖啡馆（Antico Greco Caffe）有过瓦格纳、拜伦、雪莱的逗留。维也纳的中央咖啡馆（Zentral）曾经是弗洛伊德和托洛茨基逗留的地方。艺术家在苏黎世伏尔泰酒馆的逗留开展了达达艺术，知识分子在布拉格的咖啡馆逗留则开启了一八三〇年代政治的启蒙。

文化来自逗留——"逗"，才有思想的刺激、灵感的挑逗、能量的爆发；"留"，才有沉淀、累积、酝酿、培养。我们能不能说，没有逗留空间，就没有逗留文化，没有逗留文化，就根本没有文化？

可是，安德烈，我们大概不能用欧洲的标准来评价香港。你想，假定有一千个艺术家和作家在香港开出一千家美丽的咖啡馆来，会怎么样？"逗留文化"就产生了吗？

我相信他们会在一个月内倒闭，因为缺少顾客。你可能不知道，香港人平均每周工作 48 小时，超过 60 小时的有 75 万人，占全部工作人口的 23%。工作时间之长，全世界第一。这，还没算进去人们花在路上赶路的时间，一年 300 小时！你要精疲力尽的香港人到咖啡馆里逗留，闲散地聊天，激发思想、灵感和想象？

思想需要经验的累积，灵感需要孤独的沉淀，最细致的体验需要最宁静透彻的观照。累积、沉淀、宁静观照，哪一样可以在忙碌中产生呢？我相信，奔忙，使作家无法写作，音乐家无法谱曲，画家无法作画，学者无法著述。奔忙，使思想家变成名嘴，使名嘴变成娱乐家，使娱乐家变成聒噪小丑。闲暇、逗留，安德烈，确实是创造力的有机土壤，不可或缺。

　　但是香港人的经济成就建立在"勤奋"和"搏杀"精神上。"搏杀"精神就是分秒必争，效率至上，赚钱第一。安德烈，这是香港的现实。这样坚硬的土壤，要如何长出经济效率以外的东西呢？

MM.

2005.10.17

亲爱的安德烈：

　　我是多么地享受你和你母亲的对话。而且，我是多么、多么地羡慕你和自己的母亲可以这样开放地沟通。也只有你，和你母亲，这样的"外人"，才可能看见香港的某些深藏的东西，就譬如只有李安，才拍得出美国文化里美国人自己看不见的东西。一个道理。

　　我非常羡慕你和母亲之间的关系。我的母亲，基于对我的"爱"，已经和我断绝了沟通。她认为我放弃读商而学艺术，是自甘堕落，是辜负了她。即使我打越洋电话给她，她听了一分钟之后，就想挂掉。我今年三十七岁了，但我的母亲把我当十七岁看待。

　　我很想告诉你，安德烈，珍惜每一分钟你能和你母亲对话的时光。我和母亲已经在一种冰冻中，而我又知道，她自己的时光并不多，这给我带来很深的痛苦，然而，我又无法勉强自己去过她要我过的人生，只是为了取悦于她。

　　希望你享受香港的每一分、每一秒。

余意（加拿大）

第22封信

谁说香港没文化？

——菲力普给安德烈的信

安德烈：

住了两年香港以后回到德国，还真不习惯。香港是超级大城市，克伦堡是美丽小镇，这当然差别够大，可是我觉得最大的差别还是人的态度，差异实在太大了。

你说香港没有咖啡馆，没有安静逗留的地方，香港没有文化。我觉得，安德烈你还不懂香港。香港确实很少咖啡馆，尤其是那种很安静的，可以让人泡一整个下午的很有情调的咖啡馆。可是，这样就代表"香港没有文化"吗？

回到德国以后，我周末的日子大概都是这样过的：放了学先回家吃中饭，然后，和两三个同学约了在小镇的咖啡馆碰头。在一个静静的咖啡馆里头，你就会看见我们一堆十六岁的人聊天，聊生活。喝了几杯玛奇朵咖啡以后，天大概也黑了，我们就转移阵地到一个小酒吧去喝几杯啤酒。德国的小镇酒吧，你知道嘛，也是安安静静的，有家的温馨感。

我在香港的周末，放了学是绝对不会直接回家的，我们一党大概十个人会先去一个闹哄哄的点心店，吃烧卖虾饺肠粉。粥粉面线的小店是吵死了没错，所有的人都用吼的讲话，可是你很愉快，而且，和你身边的人，还是可以高高兴兴聊天。

吃了点心和几盘炒面以后，我们就成群结队地去市中心，逛街，看看橱窗，更晚一点，就找一家酒吧闯进去。

对，就是"闯进去"。在德国，十六岁喝啤酒是合法的，香港的规定却是十八岁。所以，我们觉得我们德国少年在香港进酒吧虽然不"合法"，但是很"合理"。你说守在酒吧门口的人会不会挡我们？告诉你，我们假装不看他，就这样大摇大摆走进去，很少被挡过。我想，我们这些欧洲青少年在香港人眼里，可能十六岁的都看起来像二十岁。常常有人问我读哪间大学。MM在城市大学教书时我就说"城大"，MM到了港大我就说"港大"。

我们主要点可乐，有些人会喝啤酒。我偶尔会喝杯啤酒。（你不必多嘴跟MM说喔！）

（你去过深水湾吗？那里常有人烤肉，整个下午，整个晚上，香港人在那里烤肉，谈笑，笑得很开心。）

MM说，她买了一堆书以后，到处找咖啡馆，很难找到，跟台北或者欧洲城市差很多。我想反问：那在德国怎么样呢？你试试看下午四点去找餐厅吃饭。吃得到吗？大多数德国餐厅在下午两点到六点之间是不开伙的——他们要休息！

或者，在德国你三更半夜跟朋友出去找宵夜看看，包你自认倒霉，街上像死了一样。

所以，你只要比一比我的德国周末和我的香港周末，两边的文化差异就很清楚了。老实说，我一点也不觉得香港没有文化。

总体来说，我喜欢香港胜于德国。香港是一个二十四小时有生命的城市，永远有事在发生。而且，在香港真的比较容易交朋友，香港人比德国人开朗。我在香港只住了两年，在德国十四年，但是，我在香港的朋友远远多于德国。昨天刚好跟一个意大利人谈天，她在德国住了好几年了。她说，德国太静了，静得让人受不了。德国人又那么的自以为是的封闭，芝麻小事都看成天大的事。

我跟她的感觉完全一样，而且觉得，中国人跟意大利人实在很像：他们比德国人吵闹喧哗，是因为他们比德国人开朗开放。

香港唯一让我不喜欢的，是它的社会非常分化。譬如说，我的朋友圈里，全部都是国际学校的人，也就是说，全是有钱人家的小孩，付得起吓人的昂贵学费。香港是一个很势利、阶级分明的地方，这点我不喜欢。

半年来你的交往圈子只限于港大的欧洲学生，几乎没有本地人，你说原因很可能是语言和文化差异造成隔阂，可是我自己的经验和观察是：有钱没钱，才是真正的划分线。譬如说，我在香港整整住了两年，几乎没有认识一个住在公屋里的人。而我们家——沙湾径的港大宿舍，离"华富"公屋不过五分钟距离而已。比较起来，德国的阶级差异就不那么的明显，不同阶级的人会混在一起。我的朋友里头，家境富有的和真正贫穷的，都有。

我觉得你在香港再住久一点，那么香港的好处和缺点你可能就看得更清楚了。

菲力普

2005.11.8

龙教授：

　　喜欢读你和安德烈的通信。尤其是你们谈论香港的事情，觉得很有意思。我是个香港警察，服务了二十年了。当你们谈香港缺文化感的时候，我就想起我对台湾的印象：

　　一、在台北街上走路是很危险的事。摩托车可能载着一至五人，你走在人行道上它也可能冲上来，如果是夜晚，它甚至还可能没灯。

　　二、我看过流氓在路上闹事，穿着制服的警察却显得很软弱。

　　三、有人告诉我，台湾的"总统"是个大说谎家。

　　四、台湾中部发生大地震的时候，香港救援队赶到台湾却被故意冷落，因为香港是中国的一部分。我觉得很难理解：自然灾害来临，难道不是人命关天吗？怎么这时候还在闹政治？……

　　五、我其实很以香港为荣，也很欣慰自己的孩子在香港这样的地方长大。香港最珍贵的地方就在，它有完善的制度，而且个人价值被放在很尊贵的地位。譬如说，我们曾经派出五百多个搜救队员去拯救一个迷路的登山客，而且搜救很多天。没有人觉得这是浪费。

　　还有，法律之前人人平等。人们一般相信，不管你的身份贵贱，犯了罪，司法会公正对待你。再说，和新加坡比起来，我们的言论自由度也大得多。

　　现在是深夜，我正在值夜班，不能多写。请包涵我对香港的辩护。

一个香港警察

龙应台先生与安德烈先生：

　　你们好，我来自马来西亚的马六甲。看过你们的文章《文化，因为逗留》，有点意见想与你们分享。在你们的文章中，一再提到咖啡馆，并说明欧洲的咖啡馆出过多少名人。我想来想去，的确想不出，中国历史上这么多著名的文人学者，有谁是在咖啡馆完成大作的。但，他们就因为没有在咖啡馆沉思过，就不能获得你们的认同吗？今天和今后，东方的咖啡馆还是无法和西方咖啡馆相比，但东方的文化今天的成就与未来，就肯定将因此而逊色和不被看好吗？

　　如果因为没有咖啡馆，就没有高等文化滋生的机会，那住在山里的土著，肯定就是没有文化的人了吗？还是因为我们无法了解他们的文化？

　　只有我们了解和认可的文化，才是文化吗？要不然，就是不入流的文化吗？谁定的标准呢？为何我们都应该遵守这样的标准呢？

　　热带地区的咖啡馆，尤其是露天咖啡座，是很难生存的。一来是天气热大太阳晒雨水多的关系，坐在大太阳底下晒，会给这里的人视为有病，不中暑才怪。

　　欧洲国家尤其是英国这类少见太阳的国家，露天咖啡座是适合的，他们珍惜难得露面的太阳，甚至医生会建议他们的病人去非洲晒太阳，这也是欧洲人喜欢去旅行和到热带国家晒太阳的原因。

　　华人勤奋的性格是传统的美德，而且，东方国家不像西方国家的福利制度，不做工就要手停口停。不喝十倍价钱的咖啡，不逗留在路边"沉思"、"会面"、"闲聊"，只是因为不同的人生态度，与西方人的文化行为不相同，又何怪之有呢？你们的文章让我感受到高高在上的优越感，并以文化之名，否定其他人的文化。

R.S

龙应台及安德烈：

　　我看了你们谈香港的书信，十分认同你们的看法。香港人的生活质素，就是不断地工作和进修，政府不断推出持续进修的概念。知识分子不断向上进修及拼搏，而低下阶层也受着十多小时的工作压力，没有加班费，没有最低工资的保障，没有最多工作时数的限制。这就是香港社会结构的根本，请问，在这样的基础上，文化有可能吗？

无奈的香港人

MM：

　　香港的人，几代以来都只有一个目的：生存，赚钱。香港的政府，不管是殖民政府还是现在，也只有一个观念：发展，赚钱。香港不是一个正常的城市，更不是一个国家，它其实真的只是一个香港公司。被雇的人聚到一起来，不是为什么社会理想，是为了个人生计。雇人的老板们，更是为了口袋里的钱。所谓政府政策，也都是为了满足雇主和被雇者的生计而已。

　　文化可以沉淀，必须是里头的人有超越个人、超越小我的想象，有梦，有理想，愿意为一个更崇高的目的去奋斗。而这个，恰恰是香港没有的。在香港公司，谈抽象的理念和贡献社会的热情等等，都是可以被取笑的东西。没有咖啡馆，只是果，不是因。

　　我是大陆生的，十岁来港，二十年了，到现在，没法适应这样"在商言商"的"公司"社会。我不喜欢，但也无力改变它。

卢风

缺席的大学生

MM：

　　有时候我在想：香港将来会变成什么样子？

　　我对香港是有些批评的，可是我还是喜欢这个城市，而且蛮关心它的发展——所以我才决定和你一起去参加十二月四号的游行。

　　我们离开游行大街的时候，你问那个计程车司机——他看起来像三十多岁的人吧？你问他为什么没去游行，我当时在想，MM 真笨，怎么问这么笨的问题！他没去游行，当然是因为他得开车挣钱，这有什么好问的。

　　结果他的回答让我大吃一惊。他说，"干嘛游行？民主不民主跟我有什么关系？这些人吃饱没事干！"

　　二十五万人游行（警方说六万人），主办单位好像很兴奋，你也说，不错！可是，MM，这怎么叫"不错"呢？你记得二〇〇三年反伊拉克战争的游行吗？罗马有三百万人游行，巴塞罗那有一百三十万人，伦敦有一百万人上街。而这些城市的人口是多少？

　　罗马——六百万。

　　巴塞罗那——四百六十万。

　　伦敦——七百四十万。

　　当然，涌进市区游行的人来自城市周边一大圈，不是只有罗马或伦敦城市里头的人，但是你想想，罗马人、巴塞罗那人、伦敦人是为了什么上街？他们是为了一个距离自己几千公里，而且可能从来没去过的一个遥远得不得了的国家去游行，还不是为了自己的城市、自己的问题、自己的直接未来。相对之下，香港人是为了什么上街？难道不是为了自己最切身的问题、为了自己的自由、为了自己的孩子的未来？为了自己，却也只有二十五万人站出来——你能说这是"不错"吗？

我也许无知，或者有欧洲观点的偏见，但是我真的没法理解怎么还有人质疑游行的必要。

游行前几天，我还在报上读到大商人胡应湘的一篇访问，他把正在筹备中的游行称为"暴民政治"，还拿天安门事件来做比较，说游行抗议对民主的争取是没有用的。他的话在我脑子里驱之不去。这个姓胡的好像完全不知道东德在一九八九年的百万人大游行——柏林围墙倒塌了。他好像也完全没听说过甘地争取独立的大游行——印度独立了。他好像也完全不知道一九六三年马丁·路德·金在华盛顿掀起的大游行，促进了黑人人权的大幅提升。难道这个大商人对柏林围墙、对甘地、对马丁·路德·金一无所知？

政府一意孤行时，通常游行抗议是人民唯一可以做的迫不得已的表达方式。我不是说每个人都应该上街游行，可是，我认为每个人至少应该把问题认识清楚，明确知道那些主张上街的人的诉求是什么，再决定自己的立场。

回到那个计程车司机。他在听广播，所以你问他，"游行人数统计是多少？"那时候还是下午五点左右。他说，"大概十万左右。"你说，"不坏。"他就带着一种胜利的微笑，说，"哈，可是很多只是小孩！"

确实的，游行的队伍里小孩特别多，很多人推着婴儿车来的。也有特别多的老人家。很明显的，那司机的意思是说，十万人不算什么，因为里头很多是小孩，而小孩不算数。

我的新闻写作课的指定作业是访问游行的人，几乎每一个被我问到"为何游行"的人都说,"为我的下一代"。

我真的很感动,MM。他们要求的仅只是一个时间表,他们没有把握自己是否见得到民主,但是他们站出来,是为了要确保自己的孩子们一定要见得到香港民主那一天——他们可以忍受自己没有民主,但是他们在乎下一代的未来。我想很多人当年是为了逃避一种制度而来到这个岛,现在好像老的阴影又追上来了。

游行的人群里那么多孩子,他们"不算数"吗?我却觉得,不正是孩子,最值得人们奋斗吗?

出门前,我问了几个欧美交换学生去不去参加游行,发现他们都不去,说是要准备期末考。我有点惊讶,咦,怎么面对历史的时刻,那么不在乎?三十年代西班牙战争的时候,欧美大学生还抢着上战场去帮西班牙人打自由之仗呢。不过,我是不是也该为我的同学辩护呢?如果不是新闻写作的作业,搞不好我自己也不会去。毕竟,一个地方,如果你只是过客,你是不会那么关心和认真的。

但是,让我真正惊奇的,还是到了游行现场之后,发现中年人、老年人、孩子占大多数,年轻人却特别少。感觉上大学生的比例少得可怜。大学生哪里去了呢?通常,在第一时间里站出来批判现实、反抗权威的是大学生,很多惊天动地的社会改革都来自大学生的愤怒,不管是十九世纪的德国,还是二十世纪六十年代的欧美。你告诉我还有中国的"五四运动"。所以,我以为维多利亚公园当天会有满坑满谷的大学生,结果相反。

于是我回想,是啊,在港大校园里,我也没看见学生对游行的诉求有什么关心。几张海报是有的,但是校园里并没有任何关心社会发展的"气氛",更别说"风潮"了。

期末考比什么都重要。

好吧，MM，你说这次游行留给我什么印象？一，一"小"撮人上街去争取本来就应该属于他们的权利；二，一大堆人根本不在乎他们生活在什么制度下（只要有钱就行）；三，大学生对政治——众人之事——毫无关切；四，大学只管知识的灌输，但是不管人格的培养和思想的建立。

这就是我看到的二〇〇五年十二月的香港。

这样的香港，将来会怎么样呢？

Andi

2005.12.7

第24封信

下午茶式的教养

亲爱的安德烈、菲力普：

十二月四日香港大游行的前一天，正巧是台湾的县市选举；选举结果，执政的民进党以一种你可以说是"被羞辱"的方式失去大部分地区的支持。第二天的香港游行里，你记不记得其中一个旗帜写着："台湾同胞，我羡慕你们可以投票！"

和菲力普参加过两次游行，一次静坐纪念。（这也是你怀念香港的部分吗，菲力普？如果是，下回法兰克福如果有反伊拉克战争的游行，你会去吗？）香港人还没学会台湾人那种鼓动风潮、激发意志的政治运动技术；如果这四公里的游行是台湾人来操作的话，会很不一样，台湾人会利用各种声音和视觉的设计来营造或者夸大"气氛"。譬如很可能会有鼓队，因为鼓声最能激励人心，凝聚力量。香港人基本上只是安安静静地走路。

和你一样，最感动我的，是那么多孩子。很多人推着婴儿车，很多人让嬉笑的儿童骑在自己的肩上。问他们，每一个人都说，"我在为下一代游行"。"俯首甘为孺子牛"的情怀，充分体现在香港人身上。

他们游行的诉求，低得令人难过：香港人不是在要求民主，他们只是在要求政府提出一个时间表，只是一个时间表而已。他们甚至不是在要求"在某年某月之前要让我们普选"，他们只是要求，"给我一个时间表"！

在我这外人看来，这是一个"低声下气"到不行的要求，在香港，还有许多人认为这个诉求太"过分"。

　　香港人面对事情一贯的反应是理性温和的，他们很以自己的理性温和为荣——嘲笑台湾人的容易激动煽情。我也一向认为，具有公民素养和法治精神的香港人，一旦实施民主，绝对可以创造出比台湾更有品质的民主，因为，公民素养和法治精神是民主两块重大基石。但是十二月四日的游行，给了我新的怀疑：

　　温和理性是公民素养和法治精神的外在体现，在民主的实践里是重要的人民"品性"。台湾人比起香港人不是那么"温和理性"的，因为他们是经过长期的"抗暴"走出来的——抗日本殖民的"暴"，抗国民党高压统治的"暴"，现在又抗民进党无能腐败、滥用权力的"暴"。在台湾，愈来愈多"温和理性"的人民，但是，他们的"温和理性"是在从不间断的"抗暴"过程里一点一滴酝酿出来的。台湾人的"温和理性"是受过伤害后的平静。

　　香港人的"温和理性"来自哪里？不是来自"抗暴"；他们既不曾抗过英国殖民的"暴"，也不曾抗过专制主义的"暴"。在历史的命运里，香港人只有"逃走"和"移民"的经验，没有"抗暴"的经验。他们的"温和理性"，是混杂着英国人喝下午茶的"教养"训练和面对坎坷又暴虐的专制所培养出来的一种"无可奈何"。

　　所以，香港人的"温和理性"在程度上，尤其在本质上，MM觉得，和台湾人的"温和理性"是非常、非常不一样的。台湾人常常出现的粗野，其来有自，香港人从不脱线的教养，其来有自。

　　这样推演下来，我亲爱的孩子们，让我们来想想这个问题：

　　香港人的公民素养和法治精神在民主实践中，一定是最好的，但是，在没有民主而你要争取民主的时候，尤其是面对一个巨大的、难以撼动的权力结构，这种英国下午茶式的"教养"和专制苦难式的"无可奈何"，有多大用处？

我第一次想到这个问题，安德烈，菲力普，你们说呢？

至于大学，安德烈，你说在香港，"大学只管知识的灌输，但是不管人格的培养和思想的建立"，老实说，我吓一跳。大学成为一个技术人员的训练所，只求成绩而与人文关怀、社会责任切割的现象，不是香港才有。中国大陆、台湾、新加坡，都是的。你说的还真准确。但是告诉我，孩子们，难道你们在欧洲所接受的教育，不一样吗？你们能具体地说吗？

不能再写了，因为要去剪头发。菲力普，啤酒即使淡薄，也不要多喝——你还有什么没告诉我的秘密？

2005.12.8 于台北

第25封信

装马铃薯的麻布袋

MM：

在德国两个星期的假，我完全沉浸在"家"的感觉里。"回家"的感觉真好。

这次回家，一进门就发现玄关处挂了两张很大的新画，都是油画。一张画的是飞在空中的天使，下面是典型的地狱图像。另一张，是玛利亚怀里抱着婴儿耶稣。还有呢，客厅柱子上钉着一个木雕天使。

在我印象里，这个家还从来不曾有过这么多宗教的痕迹。我是在一个非宗教、"自由"气氛浓厚的环境里成长的人。

我问老爸，"你怎么了？女朋友把你变教徒了是不是？"你也知道，他的女友碧丽是每周上教堂、饭前要祈祷的那一种。他就用他一贯不正经的方式回说，他要访客知道他和"魔鬼"共处——他是天使，我和弟弟菲力普是"魔鬼"。我当然回击，说我觉得他才是我们的"地狱"呢。

他不会给我真正的答案，但是我觉得我知道答案是什么：我爸和我有一个根本差异，就是品味不同。他喜欢古典的东西。我还记得我们一起去看过一个雕刻展，展出的全部是宗教艺术。我觉得无聊得要死，他却看得津津有味。

前几天，一个想进柏林设计学院的朋友来找我。因为要申请学校，所以她要准备一些作品。我们就到老城里去逛。她带着相机，一路拍照。好玩的是，我以为她会拍我们这个有名的古镇的教堂啦、古堡啦，但是，整个下午她拍的却竟然都是电线杆、地下水道的入孔铁盖，或者停车场的水泥地面。

几天以后，我到她家去看完成品：在一个黑色的大纸箱上贴着三张照片，照片上是三个不同的角度去看电线杆，然后，有一条红丝线辗转缠绵绕着电线杆，最后浮现一个歪歪斜斜的字：

Modernity

好，MM，你告诉我：你的品味是什么？

我坐在电脑前给你写信，一面听音乐。你看见的我是这样的：穿着牛仔裤，一件红色的 Polo 衬衫，脚上是暗红色的跑步鞋。鞋子和上衣是暗暗谐调的。衣服裤子都有点宽松感，因为今天是懒洋洋的周末。两个好朋友正在厨房里做晚饭，在这之前，我们在阳台上晒太阳。早上起床的时候，就知道今天是个宽松舒适的日子，所以挑选的衣服，就是宽松舒适的衣服。

早上起床以后，我大概需要总共半小时来打理自己，其中大概十分钟花在浴室里，二十分钟花在衣服的考量上。

然后，我们来看看你：你大概也需要半小时，但是我猜刚好相反，你需要二十分钟在浴室里洗头洗脸擦乳液什么的，但是只花十分钟穿衣服。

作家妈妈，你是这样的没错吧？

还有买衣服。你的衣橱满满的，我的衣橱却很空——跟你的比起来。这是因为我们的购买行为很不一样。你买衣服是随兴所至的，走在路上你看见哪一件喜欢就买下来，买回家以后很可能永远不穿它。我跟你相反，MM，我"深思熟虑"怎么穿怎么配，然后在完全清楚自己缺什么的时候，才去寻找那特定的某一件衣服。结果呢，我们花在衣物上的钱和时间其实是一样的，差别在于，我的是专注精选的（而且比你的通常好看一百倍），你穿衣服，哈，有时候我觉得，你就是披上一个装马铃薯的麻布袋或者盖上一条地毯，那美学效果也差不多！

两个月前，老爸到香港来看我。头一个晚上他就带我去他最喜欢的香港酒吧，叫 Ned Kelly's Last Stand。家具全是厚重的木头，空间很小。几个老外坐在那儿喝啤酒。中间小小的舞台上堆满了乐器，很拥挤，好像只要有一个人不小心撞倒一件乐器，整堆乐器就会垮下来。晚上十点半，乐团开始演奏，是 Dixieland 爵士乐，人渐渐多起来，塞满了酒吧。老爸有点陶醉说，这酒吧使他回忆"老时光"。

第二天，轮到我带他去"我的酒吧"了。我选择的是"酷名昭彰"的 Dragon-I。哎，好像是前晚 Ned Kelly's 的反面版：没有老旧的木头，桌面是纯黑的设计，椅子有猩红的软垫，天花板垂下来画着龙的灯笼。没有爵士乐团表演，倒是有一个 DJ 在那里玩唱盘，转出 Hip Hop 和 R&B 音乐。前一晚我们喝大杯啤酒，在这里，我们喝马丁尼和琴酒鸡尾酒。满满是年轻人，我注意到，老爸确实显得有点不自在。

你现在大概已经猜到我到底想说什么了吧？老妈，我丢两个问题给你接招：第一，请问为什么我们的"品味"如此不同？是因为我们分属不同时代？还是因为我们来自不同文化？或者，有没有阶级因素呢？

第二个问题比较关键，就是，老妈，你为什么不去了解我的时代或者文化或者"阶级"的品味世界呢？你的穿衣哲学、老爸的宗教美学和他的怀旧酒吧，都不是我的调调，但我也还可以欣赏。我愿意去博物馆看雕刻展，偶尔去怀旧酒吧坐一会儿也觉得不坏，我可以穿很"牛津"味的衣着，也可以穿最随意的肥裤子和带帽套头运动衣，我也不讨厌你听的六十年代老歌。

那么你为什么不试试看进入我的现代、我的网络、我的世界呢？你为什么不花点时间，好好思考"打扮"这件事，买点贵的、好的衣服来穿？你为什么不偶尔去个你从来不会去的酒吧，去听听你从来没听过的音乐？难道你已经老到不能再接受新的东西？还是说，你已经定型，而更糟的是，你自己都不知道你已经定型得不能动弹？

Andi

2006.8.19

孩子，你喝哪瓶奶？

亲爱的安德烈：

我对你的世界没有兴趣？什么跟什么呀！你不记得，为了理解为什么你们听 Hip Hop 音乐，我仔细听了 Hip Hop，而且是找到歌词，对着歌词细听的。不但听了正在流行的，还把八十年代前的也找出来听，为的是了解这个乐种的发展过程。理解之后，才知道，原来 Hip Hop 来自一种抗议和批判精神，而且，好的词，根本就进入了诗的境界。

中年父母的挫折，安德烈，可能多半来自于，他们正在成长的孩子不愿意把门打开，让他们进入自己的世界，而不是父母不愿意进入。你不就嫌恶我"母爱"太多，电话太多吗？

今天抵达台北。在开往阳明山回家的路上，买了一瓶两公升的鲜奶。回到家，打开冰箱，发现丽沙阿姨知道我要回来，早一步填满了冰箱，里头已经有一瓶两公升的鲜奶。

现在我有两瓶两公升的鲜奶。仔细看了一下保鲜日期，一瓶是今天到期，已经接近不新鲜了；另一瓶则是三天后。

你会从哪一瓶开始喝，安德烈？

一个青岛的朋友跟我说过这个故事。人家送了他们一箱苹果。打开一看，大部分新鲜青翠，有几个却已经开始变色。

我的青岛朋友不经思索，伸手就去拿那快要腐坏的；她十七岁的儿子也不经思索就抓了一个最青翠的开始咔嚓咔嚓啃起来。他母亲急急说，"唉呀，先吃坏的呀。坏的不吃，明天怕就不能吃了。"

儿子觉得母亲很奇怪，说，"你从坏的吃起，到明天，那好的也逐渐变坏了，结果你就一路在追赶那坏的，你永远在吃那不新鲜的苹果。你为什么不能就直接享受那最好的呢？"

朋友说，她听了儿子的话，半坏的苹果拿在手里，站在那儿，一时说不出话来。

好吧，安德烈。现在我站在那打开的冰箱前面。请问，你会先喝哪一瓶牛奶？

我在阳台上坐下来，眺望台北盆地一片空濛。一只老鹰，孤孤单单，在风里忽上忽下，像一个少年独自在玩滑板。我想，咦，何以听不见他拍打翅膀的声音？侧耳细听，知道是被满山满谷的蝉声覆盖了。夏天，阳明山被蝉的部队占领。

想到你的信把我描述得如此"不堪"，我低头检视一下自己：今天穿的是什么？一件青烟色的棉布薄衫裙。直筒形的，假如你拿一个大塑料袋，在上面剪出一个半圆，两翼剪出两个袖洞，就是了。赤足。指甲没有颜色，脸上没有脂粉。身上没有首饰；今天是个独处的日子。

我出门的时候，是会"打扮"的，安德烈。不过衣服总是白色或黑色，看起来像是一个"极简主义者"的行动宣示，但真正的原因是，一，我哪有可能把时间投掷在衣着和打扮的琢磨思考上？二，我可能在用所谓"极简"美学来掩饰自己其实对"美"和"品味"缺乏心得，没有成就。

大概在你进入十四岁左右的时候，我就发现，你穿衣服已经有了自己的风格和品味。你弟弟也是在他十四岁的时候，开始不再像"孩子"，而不经意

177

间流露出一种翩翩少年的矜持。我不说破，但是在一旁默默地欣赏。我惊讶，"成长"这东西多么纤细、多么复杂啊。谁都可以看见一个男孩子长高了，细细的胡子冒出来了，声音突然改变了，鼓鼓的孩儿脸颊被棱角线条取代。但是，人们不会注意到他眼里的稚气消失，一股英气开始逼人；人们也不会发现，他的穿着、他的顾盼、他的自我，敏感得像女高音最高的一个音符旋绕在水晶玻璃上。他的领子竖起或翻下，他的牛仔裤皮带系在腰间的哪一个高度，他穿恤衫还是衬衫，衬衫尾扎进或露出……所有的细节都牵引着他的心的跳动。

　　而你我之间，安德烈，是有差距的；那个差距既是时代之差，也是文化之异，甚至是阶级的分野。

　　曾跟你说过，你的母亲是一个在"第三世界"长大的少女。我出生的一九五二年，台湾的平均国民所得不到两百美元。集体匮乏之外，这少女还来自一个难民家庭，从中国流离迁徙，一贫如洗。一直到一九七〇年，我才在家里看见冰箱和电视机——因此阿姆斯特朗一九六九年的登陆月球，这个十七岁的台湾少女是没看见的。

　　台湾到一九六五年都是"美援"的救济对象。"美援"，在这个台湾少女的记忆里有三件东西：一是洒了金粉的圣诞卡，乡村天主堂里的美国神父会给你，上面有马槽、婴儿，还有肥胖可爱、长着翅膀的天使。二是铁罐脱脂奶粉。三是面粉麻布袋。机智的妈妈们把麻布袋裁剪成孩子们的上衣和短裤。于是，你看见大大小小的孩子们穿着面粉袋恤衫，胸前还印着两只大手紧握，写着：中美合作，二十公斤。

　　不是"马铃薯麻布袋"，安德烈，你的母亲是"面粉麻布袋"的一代。

除了面粉袋恤衫，十八岁以前我基本上只穿过学校制服。别以为是英国学校那种表达身份和地位的校服，有领带和皮鞋。我们穿着白衣黑裙（你可知道我的"极简美学"的原始来处了吧？）。裙长超过膝盖，要受罚；发长超过耳根，要受罚。我的兄弟们穿的是卡其裤和白上衣，头上顶着军警的大盘帽，帽子里是剃得发青的头。外国人来台湾，吓一跳，以为台湾满街都是士兵和警察，是个"警察国家"；他们不知道，那是学生。

你会说，可是这些和"贫穷"没什么关系。是的，这种美学的单调和品味的统一，和贫穷的关系少，和威权政治的关系大。但是我想告诉你的是，当威权政治和贫穷一起撒下天罗大网把你罩住的时候，品味，很难有空间。

因为，请问品味是什么？它不就是细致的分辨、性格的突出，以及独立个体的呈现吗？每一件，都正好是贫穷所吝啬给你的，也是威权政治所剥夺于你的。

安德烈，你是否开始觉得这样成长的母亲挺"可怜"的？那你就错啦。在过去给你的信里曾经提到，贫穷使得我缺少对于物质的敏感和赏玩能力，但是却加深了我对于弱者的理解和同情。威权统治也许减低了我的个人创造力，但是却磨细了我对权力本质的认识而使我对于自由的信仰更加坚定，可能也使我更加勇敢，因为我知道失去自由意味着什么。

过去，是我们必须概括承受的。

那么，你必须"概括承受"的过去，是什么？你所成长的国家，人均收入是三万零五百七十九美金。培育你的是一个民主开放、文化多元的社会；你的父母都有博士学位（尽管"博士"可能是一百分的笨蛋或流氓）；你属于那种还不到十五岁就已经走过半个地球的"国际人"；你简直就是一个被太好的环境宠坏的现代王子。品味，太容易了吧？

　　但是，你能回答这个问题吗：如果这太好的环境赋予了你美感和品味，那么它剥夺了你些什么？你的一代，是否其实有另一种的"贫穷"？

MM.

2006.8.23

二十一岁的世界观

MM：

你说五十四岁的你，实在无法理解很快就要满二十一岁的我，脑子里想些什么，眼睛看出去看见些什么（你说这话的那个感觉，好像我们是不同的动物种类），所以，我们来彼此"专访"一下。

好，可是你给我的十个"专访安德烈"问题里，第一个问题我就懒得答复了。你问我，"你对于男女平等怎么看？"这个问题有够"落后"，因为，"男女平等"是德国七十年代的问题，最关键最艰苦的仗都在那个时候打过了。我是二十一世纪的人了。

然后你还不甘心追着问："譬如结婚以后，谁带孩子？谁做家务？谁煮饭？"

这样的问题在我眼里是有点好笑的。当然是，谁比较有时间谁就煮饭，谁比较有时间谁就做家务，谁比较有时间谁就带孩子。完全看两个人所选择的工作性质，和性别没有关系。你的问法本身就有一种性别假设，这是一个落伍的性别假设。

我知道，因为"男女平等"的问题对于你，或者你所说的中文读者，还是一个问题，但是对于我或者我的朋友们，不是讨论的议题了。

所以，我就挑了下面几个还有一点意思的问题，看答复让不让你满意。

问题一：你最尊敬的世界人物是谁？为何尊敬他？

我记得在一个朋友家里看过一本书，书名叫《影响世界的人》——你知道，就是那种不知名的小出版社出的打折书，在地摊上乱七八糟叠成一堆让人家挑的那种。书里头的人物，就包括耶稣、穆罕默德、爱因斯坦、马丁·路德·金、巴赫、莎士比亚、苏格拉底、孔子等等。朋友和我就开始辩论，这些人物的历史定位，有多少可信度？

有很多人，不管是耶稣还是孔子，都影响了人类，但是，你怎么可能把他们的重要性拿来评比？这本地摊上的廉价书，把穆罕默德放在耶稣前面，理由是，穆罕默德靠一己之力去传播了信仰，而耶稣依靠了圣徒彼得的帮忙。笑死人，能这样来评分吗？再说，你又怎么把莎士比亚和孔子来比对呢？

你现在大概猜到我要怎么接招你的问题了。我如果回答你一个名字或者一组名字，那么我就犯了这个"评比"的谬误，因为不同历史和不同环境下的影响是不能评比的，而且，天知道世界历史上有多少值得尊敬的人——我根本不知道他们的存在。

我可以说，好，我觉得"披头士"很了不起，但是你马上可以反驳：没有巴赫，就没有披头士！那么如果我选巴赫，你又可以说，没有 Bartolomeo Cristofori 发明钢琴，哪里有巴赫！

MM，假如你对我的答复不满意，一定要我说出一两个名字，那我只好说，我真"尊敬"我的爸爸妈妈，因为他们要忍受我这样的儿子。我对他们一鞠躬。

问题二：你自认为是一个"自由派"、"保守派"，还是一个"什么都无所谓"的公民？

我自认是个"自由派"。但是，这些政治标签和光谱，都是相对的吧。

每一次德国有选举的时候，一个电视台就会举办网络问答，提出很多问题，然后，从你选择同意或反对的总分去分析你属于"保守"还是"自由"党派。我发现，几乎每一次，我的答案总结果都会把我归类到德国的自由党去。可是，我对德国自由党的支持，又向来不会超过六十分，意思就是说，我的总倾向是自由主义的，但是对于自由党的很多施政理念，不认同的地方在 40% 上下。

问题出在哪里？我支持自由党派的经济和政治立场，简化来说，就是在经济上我赞成自由市场机制，在政治上我支持小政府、大民间、公民权利至上。但是，我又强烈不认同自由党派对很多社会议题的态度，譬如妇女的堕胎权、死刑，甚至于环保政策——这些议题在自由主义者的清单上没什么重量，我却觉得很重要。所以看起来，我在经济和政治议题上属于"自由主义"，但是在社会议题上，又有点偏激进。

很多人投票给某一个政党，只是因为他们习惯性地投那个党，有了"党性"。我投票则是看每一个议题每一个政党所持的态度和它提出的政策。所以，每一次投票，我的选择是会变的。你可以说我是自由、保守，甚至于社会主义者，也可以批评我说，我善变，但是，我绝不是一个"什么都无所谓"的人。生活在一个民主体制里，"参与"和"关心"应该是公民基本态度吧。

问题三：你是否经验过什么叫"背叛"？如果有，什么时候？

我的童年经验是极度美好快乐的。从小我就在一个彼此信赖、彼此依靠的好友群里长大。这可能和我成长的社会环境、阶级都有关系，这些孩子基本上都是那种坦诚开放、信赖别人的人。在一个村子里长大，从同一个幼稚园、小学，一起读到高中毕业，我们有一辈子相知的友情。

我从来不曾被朋友"背叛"过。

你想问的可能是：如果我经验了"背叛"，我会怎样面对？我会反击、报复，还是伤了心就算了？假定我有个女友而她"背叛"了我，我会怎样？

不知道啊。可能还是原谅了、忘记了、算了？

问题四：你将来想做什么？

有各种可能，老妈，我给你我的十项人生志愿：

十、成为 GQ 杂志的特约作者（美女、美酒、流行时尚）

九、专业足球员（美女、足球、身怀巨款）

八、国际级时装男模（美女、美酒、美食）

七、电影演员（美女、美酒、尖叫粉丝）

六、流浪汉（缺美女、美酒、美食、粉丝，但是，全世界都在你眼前大大敞开）

五、你的儿子（缺美女、美酒、美食、粉丝，而且，超级无聊）

四、蝙蝠侠（美女、坏人、神奇万变腰带）

三、007（美女、美酒、美食，超酷）

二、牛仔（《断背山》那一种，缺美女，但是够多美酒，还有，全世界都在你眼前大大敞开）

一、太空牛仔（想象吧）

如何？以上是不是一个母亲最爱听到的"成功长子的志愿"？

问题五：你最同情什么？

这个问题有意思。

无法表达自己的人——不论是由于贫穷，或是由于不自由，或者单单因为自己心灵的封闭，而无法表达自己的人，我最同情。

为什么这样回答？因为我觉得，人生最核心的"目的"——如果我们敢用这种字眼的话，其实就是自我的表达。

这个世界有那么多的邪恶，多到你简直就不知道谁最值得你同情：非洲饥饿的小孩吗？某些伊斯兰世界里受压迫的妇女吗？被邪恶的政权所囚禁的异议分子吗？而这些人共有一个特征：他们都无法追求自己的梦想，无法表达自己的想法，无法过自己要过的人生。最核心的是，他们表达自我的权利被剥夺了。

对他们我有很深的同情，可是，我又同时必须马上招认：太多的邪恶和太多的灾难，使我麻痹。发现自己麻痹的同时，我又有罪恶感。譬如你一面吃披萨，一面看电视新闻吧。然后你看见荧幕上饥饿的儿童，一个五岁大小的非洲孩子，挺着鼓一样的水肿肚子，眼睛四周粘满了黑麻麻的苍蝇（这样描述非洲的饥童非常"政治不正确"，但是你知道我对"政治正确"没兴趣）。

你还吃得下那块油油的披萨吗？可怕的景象、你心里反胃的罪恶感……你会干脆就把电视给关了？

我就是把电视给关了的那种人。

在这么多邪恶、这么多痛苦的世界里，还能保持同情的纯度，那可是一种天分呢。

问题六：你……最近一次真正伤心的哭，是什么时候？

从来没哭过。长大的男孩不哭。

好，MM，现在轮到我问你了：

反问一：你怎么面对自己的"老"？我是说，作为一个有名的作家，渐渐接近六十岁——你不可能不想：人生的前面还有什么？

反问二：你是个经常在镁光灯下的人。死了以后，你会希望人们怎么记得你呢？尤其是被下列人怎么记得：一，你的读者；二，你的国人；三，我。

反问三：人生里最让你懊恼、后悔的一件事是什么？哪一件事，或者决定，你但愿能从头来起？

反问四：最近一次，你恨不得可以狠狠揍我一顿的，是什么时候？什么事情？

反问五：你怎么应付人们对你的期许？人们总是期待你说出来的话，写出来的东西，一定是独特见解，有"智慧"、有"意义"的。可是，也许你心里觉得"老天爷我傻啊——我也不知道啊"，或者你其实很想淘气胡闹一通。基本上，我想知道：你怎么面对人家总是期待你有思想、有智慧这个现实？

反问六：这世界你最尊敬谁？给一个没名的，一个有名的。

反问七：如果你能搭"时间穿梭器"到另一个时间里去，你想去哪里？未来，还是过去？为什么？

反问八：你恐惧什么？

Andi

2006.9.20

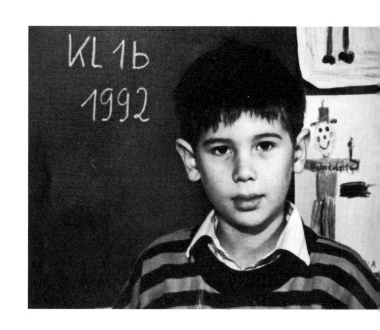

给河马刷牙

安德烈：

    我注意到，你很不屑于回答我这个问题："你将来想做什么"，所以，跟我胡诌一通。

    是你们这个时代的人，对于未来太自信，所以不屑于像我这一代人年轻时一样，讲究勤勤恳恳，如履薄冰，还是，其实你们对于未来太没信心，太害怕，所以，假装出一种嘲讽和狂妄的姿态，来闪避我的追问？

    我几乎要相信，你是在假装潇洒了。今天的青年人对于未来，潇洒得起来吗？法国年轻人在街头呼喊抗议的镜头让全世界都惊到了：这不是六十年代的青年为浪漫的抽象的革命理想上街呐喊——戴着花环、抱着吉他唱歌，这是二十一世纪的青年为了自己的现实生计在烦恼，在挣扎。你看看联合国二〇〇五年的青年失业率数字：

比利时	21.5%	澳大利亚	22.6%
芬兰	21.8%	法国	20.2%
希腊	26.3%	意大利	27%
波兰	41%	斯洛伐克	32.9%
西班牙	27.7%	英国	12.3%
美国	12.4%	德国	10.1%

　　香港十五到二十四岁青年的失业率是 9.7%，台湾是 10.59%，而数字不见得精确的中国大陆，是 9%。你这个年龄的人的失业率，远远超过平均的失业率。巴黎有些区，青年人有 40% 出了校门找不到工作。

　　然后，如果把青年自杀率也一并考虑进来，恐怕天下做父母的都要坐立难安了。自杀，已经是美国十五到二十四岁青年人的死因第一位。在台湾，也逐渐升高，是意外事故之后第二死因。世界卫生组织的数据说，全世界有三分之一的国家，青年是最高的自杀群。芬兰、爱尔兰、新西兰三个发达国家，青年自杀率是全球前三名。

　　你刻意闪避我的问题，是因为……二十一岁的你，还在读大学的你，也感受到现实的压力了吗？

　　我们二十岁的时候，七十年代，正是大多数国家经济要起飞的时候。两脚站在狭窄的泥土上，眼睛却望向开阔的天空，觉得未来天大地大，什么都可能。后来也真的是，魔术一般，眼睁睁看着贫农的儿子做了"总统"；渔民的女儿，成了名医；面摊小贩的儿子，做了国际律师；码头工人的女儿，变成大学教授；蕉农的儿子，变成领先全球的高科技企业家。并非没有人颠沛失意，但我们真的是"灰姑娘"的一代人啊，安德烈，在我们的时代里，我们亲眼目睹南瓜变成金色的马车，辚辚开走，发出真实的声音。

　　我身边的朋友们，不少人是教授、议员、作家、总编辑、律师、医师、企业家、科学家、出版家，在社会上看起来仿佛头角峥嵘，虎虎生风。可是，很多人在内心深处其实都藏着一小片泥土和部落——我们土里土气的、卑微朴素的原乡。表面上也许张牙舞爪，心里其实深深呵护着一个青涩而脆弱的起点。

　　如果有一天，我们这些所谓"社会精英"同时请出我们的父母去国家剧院看戏，在水晶灯下、红地毯上被我们紧紧牵着手蹒跚行走的，会有一大片都是年老的蕉农、摊贩、渔民、工人的脸孔——那是备经艰苦和辛酸的极其朴拙的脸孔。他们或者羞怯局促，或者突然说话，声音大得使人侧目，和身边那优游从容、洞悉世事的中年儿女，是两个阶级、两个世界的人。

你的二十岁，落在二十一世纪初。今天美国的青年，要换第四个工作之后，才能找到勉强志趣相符的工作。在"解放"后的东欧，在前苏联地区的大大小小共和国，青年人走投无路。在发达的西欧，青年人担心自己的工作机会，都外流到了印度和中国。从我的二十岁到你的二十岁，安德烈，人类的自杀率升高了60%。

于是，我想到提摩。

你记得提摩吧？他从小爱画画，在气氛自由、不讲究竞争和排名的德国教育系统里，他一会儿学做外语翻译，一会儿学做锁匠，一会儿学做木工。毕业后找不到工作，一年过去了，两年过去了，三年又过去了，现在，应该是多少年了？我也不记得，但是，当年他失业时只有十八岁，今年他四十一岁了，仍旧失业，所以和母亲住在一起。没事的时候，坐在临街的窗口，提摩画长颈鹿。长颈鹿的脖子从巴士顶伸出来。长颈鹿穿过飞机场。长颈鹿走进了一个正在放映电影的戏院。长颈鹿睁着睫毛长长的大眼，盯着一个小孩骑三轮车。长颈鹿在咀嚼，咀嚼，慢慢咀嚼。

因为没有工作，所以也没有结婚。所以也没有小孩。提摩自己还过着小孩的生活。可是，他的母亲已经快八十岁了。

我担不担心我的安德烈——将来变成提摩？

老实说……是的，我也担心。

我记得我们那晚在阳台上的谈话。

那是多么美丽的一个夜晚，安德烈。多年以后，在我已经很老的时候，如果记忆还没有彻底离开我，我会记得这样的夜晚。无星无月，海面一片沉沉漆黑。可是海浪扑岸的声音，在黑暗里随着风袭来，一阵一阵的。猎猎的风，撩着玉兰的阔叶，哗哗作响。在清晨三点的时候，一只蟋蟀，天地间就那么一只孤独的蟋蟀，开始幽幽地唱起来。

你说，"妈，你要清楚接受一个事实，就是，你有一个极其平庸的儿子。"

你坐在阳台的椅子里，背对着大海。清晨三点，你点起烟。

中国的朋友看见你在我面前点烟，会用一种不可置信的眼光望向我，意思是——他他他，怎么会在母亲面前抽烟？你你你，又怎么会容许儿子在你面前抽烟？

我认真地想过这问题。

我不喜欢人家抽烟，因为我不喜欢烟的气味。我更不喜欢我的儿子抽烟，因为抽烟可能给他带来致命的肺癌。

可是，我的儿子二十一岁了，是一个独立自主的成人。是成人，就得为他自己的行为负责，也为他自己的错误承担后果。一旦接受了这个逻辑，他决定抽烟，我要如何"不准许"呢？我有什么权力或权威来约束他呢？我只能说，你得尊重共处一室的人，所以，请你不在室内抽烟。好，他就不在室内抽烟。其他，我还有什么管控能力？

我看着你点烟，跷起腿，抽烟，吐出一团青雾；我恨不得把烟从你嘴里拔出来，丢向大海。可是，我发现我在心里对自己说，MM请记住，你面前坐着一个成人，你就得对他像对待天下所有其他成人一样。你不会把你朋友或一个陌生人嘴里的烟拔走，你就不能把安德烈嘴里的烟拔走。他早已不是你的"孩子"，他是一个个人。他就是一个"别人"。

我心里默念了三遍。

安德烈，青年成长是件不容易的事，大家都知道；但是，要抱着你、奶着你、护着你长大的母亲学会"放手"，把你当某个程度的"别人"，可也他妈的不容易啊。

"你哪里'平庸'了？"我说，"'平庸'是什么意思？"

"我觉得我将来的事业一定比不上你，也比不上爸爸——你们俩都有博士学位。"

我看着你……是的，安德烈，我有点惊讶。

"我几乎可以确定我不太可能有爸爸的成就，更不可能有你的成就。我可能会变成一个很普通的人，有很普通的学历，很普通的职业，不太有钱，也没有名。一个最最平庸的人。"

你捻熄了烟，在那无星无月只有海浪声的阳台上，突然安静下来。

然后，你说，"你会失望吗？"

海浪的声音混在风里，有点分不清哪个是浪，哪个是风。一架飞机闷着的嗡嗡声从云里传来，不知飞往哪里。蟋蟀好像也睡了。你的语音轻轻的。这样的凌晨和黑夜，是灵魂特别清醒的时候，还没换上白天的各种伪装。

我忘了跟你怎么说的——很文艺腔地说我不会失望，说不管你做什么我都高兴因为我爱你？或者很不以为然地跟你争辩"平庸"的哲学？或者很认真地试图说服你你并不平庸，只是还没有找到真正的自己？

我不记得了，也许那晚葡萄酒也喝多了。但是，我可以现在告诉你，如果你"平庸"，我是否"失望"。

　　对我最重要的，安德烈，不是你有否成就，而是你是否快乐。而在现代的生活架构里，什么样的工作比较可能给你快乐？第一，它给你意义；第二，它给你时间。你的工作是你觉得有意义的，你的工作不绑架你使你成为工作的俘虏，容许你去充分体验生活，你就比较可能是快乐的。至于金钱和名声，哪里是快乐的核心元素呢？假定说，横在你眼前的选择，是到华尔街做银行经理或者到动物园做照顾狮子、河马的管理员，而你是一个喜欢动物研究的人，我就完全不认为银行经理比较有成就，或者狮子、河马的管理员"平庸"。每天为钱的数字起伏而紧张而斗争，很可能不如每天给大象洗澡，给河马刷牙。

　　当你的工作在你心目中有意义，你就有成就感。当你的工作给你时间，不剥夺你的生活，你就有尊严。成就感和尊严，给你快乐。

　　我怕你变成画长颈鹿的提摩，不是因为他没钱没名，而是因为他找不到意义。我也要求你读书用功，不是因为我要你跟别人比成就，而是因为，我希望你将来会拥有选择的权利，选择有意义、有时间的工作，而不是被迫谋生。

　　如果我们不是在跟别人比名比利，而只是在为自己找心灵安适之所在，那么连"平庸"这个词都不太有意义了。"平庸"是跟别人比，心灵的安适是跟自己比。我们最终极的负责对象，安德烈，千山万水走到最后，还是"自己"二字。因此，你当然更没有理由去跟你的上一代比，或者为了符合上一代对你的想象而活。

　　同样的，抽烟不抽烟，你也得对自己去解释吧。

2006.12.1

龙女士：

原先我觉得安德烈不是一个真实的人，是您虚构的，每次看这个专栏，我都会思考一番安德烈的真实性。今天也不例外，不过，现在我有些相信他的真实性了，八五年出生，比我晚一年，在上大学。

当他说出关于家的感受时，我马上有了共鸣。

我大四了，即将毕业，面临着找工作。前两天，妈妈打来电话说，不要太着急，慢慢找，家里又不是等米下锅（土话，意思是，不是等着我来挣钱养家）。听到妈妈这样说，我非常感动，眼泪就止不住了。春节在家时，妈妈也很为我的工作操心。当时我心里甚感过意不去：要是我自己把工作的事情解决好了，也不会家里人这样替我操心。可妈妈说，父母替儿女操心是一种幸福，还说，不替你们操心替谁操心呢！所以，今天看到您在文章里写道："对我最重要的，安德烈，不是你有否成就，而是你是否快乐。"我就更加能够理解我的妈妈了。以前，我总是想象自己将来如何有出息，如何孝敬父母，现在才明白，只有自己真正过上快乐幸福的日子，父母亲才能够幸福。

现在，中国大学生就业形势也很严峻。但总体说来，我们还能找到工作。只是这工作是否令人满意就很难说了。其实，我的很多同学，包括我自己，只要能有一份工作，我们就会很用心地去干，很少想到自己是否真的喜欢和适合干这份工作。在我们身上更多表现的是家庭责任。像我们的父辈一样，我们更多表现的是隐忍。当然，也要分很多情况。有些家境优越的同学，可能还没有考虑到这些，他们似乎也还没有学会这些（这种说法不太负责任，因为我也仅仅是就我自己看到的来发表看法）。当然也有很多家境优越的同学，他们很积极来承担自己的责任。

就像您在《我这样认识了广州》中所描写的：穿珠子的工人，眼睛都看不见了，但是工价却很低。中国的情况很复杂。其实我想其他国家和社会也会有中国面临的问题。

　　好了，今天写到这里。因为我不知接下去怎么写了。

S. Y

· · · · · ·

龙教授、安德烈：

　　我是香港人，现在在美国一所大学教经济学。三十多岁是个尴尬的年龄，好像清晨的三点钟，既太早又太晚，不上不下。

　　我实在非常喜欢你们的通信，每一封信，好像都是为我而写的。

　　我妈昨天来了一通电话。第一句话就是，"儿子，我的四百万年薪在哪儿呀？"四百万，是 Goldman Sachs 今年给的年薪。我妈当然是开玩笑，她指的是，我读完学位时，GS 曾经想聘我过去，但我婉拒了，因为我认为研究才是我的兴趣。我也想在研究领域里成名，而且，也梦想有一天能对香港做出巨大贡献。

　　我妈只是在逗我，而且我知道她其实很以我为荣，但是，我自己反倒为钱耿耿于怀。我现在在一个学院教书，单身，每天案牍劳形，就为了写学术报告。学校虽然很有声望，但是，我的抉择，对吗？

　　我不知道。

K（美国）

MM：

　　您文中提到安德烈的抽烟问题，使我想起许多年前我带领两个儿子抽烟的一幕。那是一个清朗的春夏之交，早上我在前院捡到一个过路人随手丢弃的香烟盒，准备捡来丢到自家垃圾桶去，发现里面还有一支完整的香烟，于是对正在一旁嬉戏的四岁及五岁的儿子说道："这里面还有一支香烟呢，让我们一起来抽抽看。"两人眼睛一亮，于是，找来一盒火柴，三人并排坐在大门口台阶上，就像电影里银幕上的大混混及小混混的调调儿，准备吞云吐雾一番，多么神气活现！

　　坐定后，划了四五根火柴，呛了好几口烟，手忙脚乱一番，我终于把烟点着了。然后交给坐在一旁热切盼望着的老大，同他说："一定要用力吸，不然，火头就灭了，又要重新来过。"说的也是实情。他卖力地吸着，咳着，喘着气，忙了几转。我说："让弟弟吸吸吧！"在一旁等不及的老二紧张又兴奋地接过烟去，猛力地吸着咳着。每当他们想多喘一口气时，我就提醒他们，火头若灭了就要重新燃过。三人轮替搞了三四回合之后，两人想放弃了，说它"恶心"。我道："还没吸完呢，这就丢掉，不是太可惜了吗？还有一大段还没吸呢。来来来，再来，轮到你了。"搞到后来，两人坚拒再吸，最后干脆逃之夭夭。

　　晚上外子回来，我同他提到早上拾烟、抽烟的事，两个小家伙不期而然地对着曾经吸了十年烟的爸爸发难问道："爸爸，你怎么那么笨，你怎么会喜欢抽烟的？"

　　我这两个宝贝儿子经历过这场刻骨铭心的抽烟之"乐"后，三十多年过去了，我从没见他俩再燃过一支烟，喷过一口雾。我这篇"野人献曝"迟到了十七年，可爱的安德烈已经二十一岁，也许这"土法治烟"可说给您未来的媳妇们做参考。

　　您同安德烈之间的母子家信（以及任何您的文章）我从不会错过，且常在企盼中，尤其是安德烈的信（请莫吃味……）。做儿子的他居然能这么有耐性地同您长篇大论，实属少见，您应合十感谢上苍才对。我的小儿子在他高中快毕业那年，我提供他一点选系的建议时，他拍拍我的肩，对我笑笑道："妈，你过你的人生，我过我的，好吗？"

每一个孩子就是一本经，是为母者终身奉读的经。这本经好不好读，就看做母亲的耐心、爱心、运气及造化了。"风筝"即使放手飞了，这本经还是常留母亲手中，还是会继续读下去，继续牵挂下去。盼我们做母亲的能互相勉励，彼此保重，永不气馁。

　　　　　　　　　　　　　　　　　　　　　　　　　　　马力（美国）

　　　　　　　　　　　　· · · · · ·

亲爱的 MM 和安德烈：

　　我从不曾给作者写信，但你们的信实在让我感动。只读第一段，我心中就开始算：当我到 MM 的年龄时，老大十六岁，那时我有可能和他进行如此坦诚的对话吗？

　　他最近没通过资优班的考试，哭着说，"那我只是个普通人咯？"安德烈，你问你妈是否会失望，如果你变成一个最平庸的人——我想到我的儿子。

　　让我真正挂心的是今年七岁的老二。前几天，在晚餐桌上，他突然说，"人生没意义，因为我们永远在重复。"很"存在主义"吧。那晚，我在床上忍不住哭了。这孩子如此早慧——早慧的孩子，中国人相信，是要遭天妒的。

　　安德烈，你能理解母亲的心吗？我怕孩子太聪明、太杰出，我希望孩子平平安安，我无限牵挂……

　　我看得出你是一个很敏感、很有思想的人。如果将来我的孩子也能像你这样反省人生，能这样和母亲沟通，我会十分骄傲。祝福你们。

JK（美国）

第二颗眼泪

亲爱的安德烈：

你知道莫斯塔（Mostar）这个城吗？可能不知道，因为波斯尼亚战争爆发，这个波斯尼亚城市的名字每天上国际媒体时，你才七岁。战争打了三年，死了十万人；战事结束了，可是心灵的伤口撕开，最难缝合。鸡犬相闻的平日邻居突然变成烧杀掳掠强奸者，荒烟蔓草中挖出万人冢，万人冢中发现自己亲人的尸骨，都是太恐怖的经验，何以忘怀。我记得，当时人们最惊异的是，这种因族群而相互残杀的属于原始部落的仇恨，怎么会发生在快要进入二十一世纪的当下，怎么会发生在最以文明和文化自豪的欧洲？

我的感觉是，二十世纪发生过十二年纳粹和十年"文革"这两个文明大倒退之后，波斯尼亚的族群相迫害，已经不能让我惊奇了。我只是在想，当战争过去之后，普普通通的太阳堂堂升起的时候，同样的人还得生活在同样一块土地上——他们的成人怎么再抬起眼睛注视对方，他们的孩子又怎么再在一个学校里上课、唱歌、游戏？

我的疑问，后来就"揭晓"了。九五年，你十岁那一年，和平协议签下了，可是莫斯塔这个城，裂为两半。原来的少数塞尔维亚族被赶跑了，信天主教的克罗地亚族住在城西，信伊斯兰教的波斯尼亚族住在城东，中间隔着一个广场。不同族群的人早上分别到不同的市场买菜，把孩子送到族群隔离的学校去上学，彼此避开路途相遇，晚上坐在家里看各自的电视频道。一个广场隔开两个世界，准备老死不相闻问。

　　所以，我看到下面这条新闻的时候，确实很惊奇：莫斯塔人在他们的中心广场上为李小龙的雕像揭幕。波斯尼亚跟李小龙怎么会有关系？

　　原来，当地有个作家，苦苦思索要怎么才能打破僵局，让广场东西的人们重新开始对话，让这个城市重新得回它正常的生活。他的主意是这样的：找一个人物，这个人物是天主教徒和伊斯兰教徒同样热爱又尊敬的，然后，让莫斯塔的艺术家为他塑一个铜像，放在广场的中心。这个人物所唤起的集体记忆和情感，可以使城东和城西的人心为之软，情为之动，逐渐愿意握手。这个人物，就是李小龙。原来，在一两代波斯尼亚人的成长过程里，不管是天主教还是伊斯兰教徒，李小龙都是童年记忆所系，在波斯尼亚人的心目中代表了"忠诚、友爱、正义"等等美好的价值。艺术家们在揭幕时说，他们盼望波斯尼亚人会因为对李小龙的共同的热爱而言和，也希望此后别人一提到莫斯塔这个城市的名字，不会马上联想到可怕的屠杀和万人冢，而会想到：他们的广场上站着世界上第一个李小龙的塑像。

　　这是一个公共艺术了，一个镀了金色的李小龙雕像，在城市的核心。安德烈，你曾经质疑过，墙上挂着木雕天使是艺术还是 Kitsch？那么我问你，这个莫斯塔的雕像，是艺术还是 Kitsch？

　　然后我想到另一个跟艺术碰撞的经验。你记得去年我们一起去看 The Sound of Music 音乐剧？它在香港被翻译做《仙乐飘飘处处闻》，在台湾是《真善美》，风靡了全世界之后又迷住了整个亚洲。Do-Re-Mi 的曲子人人上口，《小白花》（Edelweiss）的歌人人能哼。在英国，它流行到什么程度你知道吗？据说在冷战期间，英国政府的紧急战时措施手册里甚至说，如果发生核战，BBC 就广播 The Sound of Music 的音乐来"安定人心"。

我一直以为它风靡了"全世界"，到了欧洲以后才发现，这个以奥地利为场景，以德国历史为背景的音乐剧或电影，德语世界的人们根本不太知道，大部分的人们，没听说过；大家以为是正典奥地利"民歌"的《小白花》，奥地利人没听过，它纯粹是为剧本而写的百老汇创作歌。哈，我所以为的"全世界"，只是"英语世界"罢了。

三十年前看过电影版，现在舞台版来到了香港，是的，我很想看，想看看我三十年后的眼光是否仍旧会喜欢它，而且，我更好奇：你和菲力普这两个德国少年，加上正在我们家中做客的奥地利大学生约翰——你们对这个百老汇剧会怎么反应？

演艺中心挤满了人。你一定不会注意到我所注意到的：很多人和我一样——中年的父母们带着他们的少年儿女来看这个剧。我猜想，其中一定有一个藏在心里不说出口的企盼：中年的父母企盼他们的儿女，哪怕是一点点，能了解自己。当少年儿女知道父母被什么样的电影感动、为什么样的老歌着迷时，两代之间可能又多了一点点体贴和容忍。还没进场，中年的父母已经情不自禁哼起那熟悉的曲子，幕起的那一刻，他们又异样的安静，少年们古怪地回头，好像第一次发现：原来父母也曾经少年过。不论是 Bee Gees 和 Brothers Four 的演唱会，或者是《梁山伯与祝英台》的舞台剧，我都看见这代与代之间的情感密码，暗暗浮动，像巷弄里看不见的花香。

我坐在你们三人后面，透过你们三个人头看向舞台。幕起时，掌声雷动，你们不动，像三坨面粉袋。歌声绕梁，人们兴奋地跟着唱"You are sixteen, going on seventeen"，面粉袋往下垮了点。七个高矮不一有如音符高低的可爱孩子在舞台上出现时，香港观众报以疯狂掌声，你们把头支在手掌上，全身歪倒。七个孩子开始依口令踏正步时，你们好像"头痛"到完全支持不住了。

当百老汇式的奥地利"山歌"开唱时，我仿佛听见你们发出呻吟，不知是菲力普还是约翰，说，"Oh, My God!"

中场休息时，大家鱼贯出场。我还没开口问你们是怎么回事，你已经带头说，"我们不要看下半场！"我也没放过你们，问，"为什么？是不是剧本以纳粹为背景，你们觉得不舒服？"

"才不是。"你们异口同声。然后你说，"妈，难道你不觉得吗？是品味的问题啊，整个剧甜到难以下咽，受不了的 Kitsch，你能忍受这样的艺术啊？"

奥地利的约翰一旁直点头。菲力普说，"走吧走吧！"

于是，我们离开了表演厅。哎，好贵的票啊，我想。

所以我想问你的是这个，安德烈：在你心目中，什么叫 Kitsch？你父亲那一代德国人挂在墙上的木雕玛利亚和天使，是艺术还是 Kitsch？你的艺术家朋友拍摄电线杆和下水道加以技术处理，是艺术还是 Kitsch？李小龙的雕像，如果放在香港观光商店的摊子上，和画着一条龙的 T-shirt 堆在一起，可能被看做典型 Kitsch，但是，当他的镀金雕像站在战后波斯尼亚的一个广场上，被赋予当地的历史意义和民族伤痕记忆的时候，同样的雕像是否仍是 Kitsch？或者，因为意义的嵌入，使得 Kitsch 得到全新的内在，因而有了艺术的力度？

你们三个小家伙对 *The Sound of Music* 的反应，让我吃惊，也使我明白了为什么美国音乐剧这个表演形式在欧陆一直流行不起来，用你的话来说，它放了太多的"糖"，太"甜"。但是我在想，可能太"甜"只是原因之一，更里层是不是还有文化"简化"的反作用？譬如，身为东方人，我从来就不能真正喜欢普契尼的《图兰朵公主》或《蝴蝶夫人》。并非"过甜"的问题，而是，它无可避免地把东方文化彻底"简化"了，对生活在东方文化内的人来说，这种"简化"令人难受。

哈贝马斯的老师，法兰克福学派的阿多诺，曾经说，Kitsch 就是紧紧抓住一个假的感觉，把真的感觉稀释掉。昆德拉的说法更绝：

> Kitsch 让两颗眼泪快速出场。第一颗眼泪说：孩子在草地上跑，太感动了！第二颗眼泪说，孩子在草地上跑，被感动的感觉实在太棒了，跟全人类一起被感动，尤其棒！
>
> 使 Kitsch 成为 Kitsch 的，是那第二颗眼泪。
>
> ——《生命中不能承受之轻》

我喜欢看孩子在草地上奔跑，散起的发丝在阳光里一亮一亮。你和菲力普幼小时，我常常从写字桌抬头往窗外看，看你们俩在花园草地上种黄瓜，抓蟋蟀，听你们稚嫩的声音，无端的眼泪就会涌上来。我简直就是 Kitsch 的化身了，还好昆德拉说，那第一颗眼泪不是，第二颗才是 Kitsch。

2007.1.24

KITSCH

第30封信

亲爱的 MM：

　　经过一个辛苦的学期，我总算回到德国的家，度过三个礼拜的寒假。所谓家嘛，就是一个能让你懒惰、晕眩、疯狂放松的地方。要回香港之前，我跟朋友开车去了一趟慕尼黑。路卡斯在那里上学，他去上课，我无聊，就自己逛到了现代美术馆。馆里刚好有一个个人特展，展出艺术家叫 Dan Flavin。

　　事实上，路卡斯是要我根本不要去美术馆的，他说那些展览都"闷死人"。我实在没事可干，所以还是进去了，逛了足足两个小时，只不过证实了他的话：闷死了。

　　这个个展占据大概十个房间，每一个房间都塞满了各形各色的霓虹灯管。刚进去时，你以为这灯不过是个有意思的背景吧，结果可不是，里面还真的什么都没有。这些霓虹灯，就是展品本身。红灯、白灯、绿灯，亮到不行，亮到你眼睛睁不开，简直走不进房间里去。我从一个展示间摸到另一个展示间，每个房间就展示墙上这些长长短短的霓虹灯！连走廊上都是红灯绿灯。

　　我在强光中走到最中间一个房间，发现它跟其他房间隔绝，所以我好奇了。走进去，哇，你说里面有什么？整个房间罩着暗暗的"黑灯"——也就是任何一个兰桂坊的酒吧会用的那种照明方式，黝黑黝黑的。其他就什么都没有了。

　　离开美术馆的时候，我一点也没觉得自己受到艺术的什么启发还是"震荡"。俗语说，艺术因人的"眼光"而异。好吧，我的眼睛可真的是被这一个艺术展览的强光射得七荤八素，现在一闭眼就看见光，真的产生"眼光"了！

你问我，莫斯塔的李小龙雕像是艺术还是 Kitsch，那我倒过来问你：李小龙雕像跟慕尼黑现代美术馆那个个展比较，哪个是艺术？那堆霓虹灯，放在最高级的美术馆里正式展出，该是"艺术"了吧？可是它给了我的只有头晕跟眼睛发疼。李小龙的雕像，还镀了金，是 Kitsch 吗？可是它很可能感动了人，使本来伸出手想打架的人反而握了手，这岂不是艺术的力量？

你说的 *The Sound of Music* 那场演出，天哪，我当然记得。我对音乐剧本来就没什么兴趣，这个什么《仙乐飘飘》或《真善美》，我在德国时连听都没听说过。我们三个人中场就坚决要走，实在是因为受不了了。先是奥地利的"传统服装"，然后是奥地利"山歌"，然后是《小白花》所谓"民谣"，到后来连纳粹都上戏了，实在是到了忍受底线。我也记得你问我们"为什么"，我也记得我们的回答：一个人能够吞下 Kitsch 的量是有限的！这个百老汇剧把德国和奥地利的刻板印象发挥到极致，加"糖"到极致，我们快"腻"死了。

我们的反应其实不难理解。你想想看，把扮演中国人的演员放到舞台上，让他们戴上斗笠，画上两撇山羊胡子，裤管卷起来，站在水稻田里，然后，让他们站在那里唱美国人听起来貌似中国歌的 Ching-Chang-Chong，请问你能不能连看两个小时这样的表演？你保证中场不离席？

艺术和 Kitsch 之间的界线确实是模糊的，我其实没有资格判断——算了，不跟你和稀泥。他妈的妥协。我就清楚给你一个我心目中的"Kitsch 排名前十大"清单吧！

一、*The Sound of Music* 音乐剧——我此生绝不再看此剧。

二、瓷器小雕像——尤其是带翅膀的天使。

三、（自从我来到亚洲之后）毛产品——包括带红星的军帽、写"为人民服务"的书包，尤其是以毛主席的一只手臂作为指针的各类钟表。

四、任何展示"爱国"的东西——尤其是美式的，含老鹰、星条、着制服的士兵等。

五、任何展示"宗教"的东西——（你记得常常来按门铃向我们宣教的那些什么什么"见证"的女人吗？对，我指的就是她们拿出来的文宣品，永远印着一个耶稣被一群肤色有黑有白的"多元文化族群"的小孩所围绕。）

六、受不了的"搞笑"恤衫——Smile if you are horny, Fill beer in here，我很烦，群众总是蠢的……如果还要我看见一个人穿着警察的恤衫而他其实不是一个警察，我就想逃跑。

七、励志大海报及卡片——这种海报，一定有美丽的风景，宁静的海啦、山啦、森林小径啦，一定框个黑边，然后写着大大的主题：智慧，诚实，毅力，有恒，爱心……

八、电视里头的肥皂剧，还有电视外面真实的人，可是他以为自己的人生是电视里头的肥皂剧——包括譬如你一定没听过的 OC，这是全世界最流行的青少年肥皂剧之一，演一群有钱到不知道自己流油的加州少男少女。

九、美国乡村歌曲——甜到不行。

十、你对我和菲力普的爱——母爱绝对是 Kitsch……唉！

你的　*Andi*

2007.1.30

读者来信

龙女士：

我在中国的《南方周末》上读了你给儿子安德烈的信。安德烈对 *The Sound of Music* 有很大的反应，你说"可能太'甜'只是原因之一，更深一层是不是还有文化'简化'的反作用？譬如，身为东方人，我从来就不能真正喜欢普契尼的《图兰朵公主》或《蝴蝶夫人》，这种'简化'令人难受"。

——你错了，是你自己的错。我们现在不但喜欢被普契尼"简化"（他都被我们请去了太庙），我们还自己"简化"自己呢。举个大家都知道的例，今年的 CCTV 春节联欢晚会，有档节目是几个袅袅婷婷的江南姑娘袅袅婷婷地撑着伞，在江南袅袅婷婷的雨前、雨中、雨后袅袅婷婷地搔首弄姿，大官小资都说好，最近在莫斯科，大概是中国文化年的一部分节目，"东方"时装表演中，那几个袅袅婷婷又出来了，这次是老毛子和我们一起屁颠了。

一个读者（北京）

龙先生，您好！

想和您说说 Kitsch。

那个晚上，是四月二十日，应该是个轻松的周末之夜，女儿却照例吃过晚饭回到书桌做她的作业。我洗好碗坐到书房，翻开报纸，是您的那篇《第二颗眼泪》，看着忽然忍不住笑起来。

女儿抬起头："老妈你笑什么？"

"你知道 *The Sound of Music* 在香港翻译成什么？"

"什么？"

"《仙乐飘飘处处闻》。"

"天哪，香港人！"

"台湾是《真善美》。"

"扯太远了吧。"

她忍不住过来看，看到安德烈、菲力普不喜欢这个音乐剧，她觉得不可思议："为什么？我觉得挺好的，不过，真好玩，《小白花》(*Edelweiss*)，什么《小白花》，《雪绒花》好哦，他们怎么翻的，我们翻得多好，《音乐之声》、《雪绒花》，哎香港人！《仙乐飘飘处处闻》，太好笑了！"我们忍不住又笑了。

她找来英汉辞典，找 Kitsch，找 Edelweiss，然后说："我又学会一个骂人的词了，Kitsch。"

"看清楚了，人家是指文艺作品。"

"没关系，只要看到假正经、伪君子、装模作样、做作、虚伪……一律 Kitsch。"

她还是不明白安和菲为什么不喜欢 *The Sound of Music*："他妈妈应该让他们看电影，舞台剧为了吸引人，肯定太吵了，而且肯定花里胡哨的。"

看到安"闷死人、腻死了"，她说："安一定是因为年龄的关系，因为处在愤世嫉俗的年龄，其实我也是，不过我连烦的时间都没有，真可怜！"我们正说着笑着，她爸爸在边上大声指责我："别影响方方做作业，她可没时间跟你玩。"

她真的没法轻松，第二天是中考英语口语预测，"五一"前要考完口语，一过"五一"就是中考体育考试，一模（第一次中考模拟考试），五月底二模，然后填报志愿，六月十八、十九、二十就要正式考试了，每天都有做不完的作业。

第二天，我们去超市，我问："你最 Kitsch 的东西是什么？"

"我啊，最 Kitsch 的东西么，当然是 GCD 了，你看看我们学校什么三年规划，三天就完了，骗人！总喜欢搞些骗人的形式。还有啊，日本！"顿了顿，她说，"老妈，我是不是狭隘的民族主义者啊？"

没想到她会说出"狭隘的民族主义者"这个词来，看看她："是啊，过于狭隘了。"

"没办法，不过，只是对日本噢。"

两只老虎跑得慢、跑得慢

第 *31* 封信

亲爱的安德烈：

从电邮里得知你争取交换留学"落榜"了。我愣了一下。嗄? 你"失败"了?

第一个念头：你失去了一个交换学习的好机会，太遗憾了。第二个念头：二十一岁的你是否明白，你已经进入了人生竞争的跑道，跑得不够快就会被淘汰? 第三个念头：嗯……你不说，但是一定很伤心。

"在人生竞争的跑道上，跑得不够快就会被淘汰。"我细细咀嚼着这句突然冒出来的念头，好像考卷打开猛然看见一个从没见过的全新的考题，一时不知要从哪里说起。

想起一件往事。你十岁那年进入初中时（按，德国小学四年后，进入初中），我收到一纸学校的来信，让家长带新生去做音乐测验。匆匆读一下来信，我就带你去了。音乐教室里头传来钢琴咚咚的声音。我们坐在门外等候，你害羞地依着我。门打开，一个一脸雀斑的小男生跟着他的母亲走了出来，手里还抓着琴谱。

轮到我们走进去。一个高高瘦瘦的音乐老师坐在钢琴旁。

他问你是否要弹钢琴。你低着头看地板，摇头。

你学了钢琴，但是你知道自己有多差。

他问你是否要拉小提琴。你低着头看地板，摇头。

老师说，"那……会唱歌吗? "你又摇头。

老师耐着性子说，"那……就唱《两只老虎》吧。"他转向钢琴。

你小小的脸涨得紫红，转过来看我，眼睛带着求饶的哀苦。伴奏的琴声响起，你不得不张开嘴，开始喃喃唱，"两只老虎……"

那是一个十岁的孩子，因为太紧张，因为太没有信心，唱出的声音就像用指甲逆向去刮刺黑板一样令人浑身起鸡皮疙瘩。你的声音忽高忽低，一下子又突然断掉，甚至连《两只老虎》的词，都忘了一大半。那真是一场惨绝人寰的灾难。

老师终于把钢琴盖关上，缓缓转过来，看着我们，带着一种奇怪的表情。

你站在那里，小小的瘦弱的身躯，低着头，在那巨大而空荡的教室里。

回家后，我再把学校的信拿出来细读，才发现，那信是说，如果你认为你的孩子有"特别杰出的音乐天分"，请来试音，可以参加合唱团或管弦乐团。

天哪，我做了什么？

安德烈，你是否要告诉我，因为 MM 的过失，你从十岁起，就已经知道，什么叫做"失败"，知道"Loser"的味道不好受？你又是否学习到，如何做一个有智慧的失败者，如何从四脚朝天、一败涂地的地方，从容地爬起来，尊严地走下去？

我的"失败启蒙"是何时开始的？

MM 在台湾乡下长大，第一次进入一个大城市的所谓"好"学校，是十四岁那一年，从苗栗县转学到台南市。苗栗县苑里镇是个中型的农村；它的初中，校园四周全是水汪汪、绿油油的稻田和竹林密布的清溪水塘。我们习惯赤脚在田埂间奔跑，撩起裤管在湍流里抓鱼。体育课，不外乎跑几圈操场、打篮球、玩躲避球——就是一个人站在中间让人家用球丢你，丢中了你就出局。在操场上奔跑时，你的眼角余光看得见远方水光的流转，雪白的鹭鸶鸟像长腿的芭蕾舞女一样在水田上悠悠地飞起。天空那么大，山显得那么小。青草酸酸多汁的气息、斑鸠咕咕温柔的叫声，总是和体育课混在一起的背景。

然后转学到了听说是台南市最好的初中——台南市中。校园很小，树木很少，操场被建筑物紧紧包围。第一天上体育课，我看见各种奇奇怪怪的"器材"，很长很长的竹竿、很重很重的金属球、酷似海里叉鱼的枪等等。我不认识任何一个人，也没一个人认识我。突然被叫到名字，我呆呆站出去，茫茫然，不知要干什么。体育老师指着地上画好的一个白圈，要我站进去——就是画地为牢的意思。他要我拾起地上一个金属球，要我拿起来，然后丢出去。

我弯腰，拿球——发现那球重得可以。然后用力把球甩出去。一甩出去，旁观的同学一阵轰笑。老师说，"不对啦，再来一次。"

我不知道什么地方不对——不是叫我丢球吗？于是回到圆圈内，弯腰，拿球，丢球。又是一阵轰然大笑。老师大声喊，"不对啦，再来一次。"

我不记得自己的眼泪有没有憋住，只记得一旁的孩子们兴奋莫名，没想到今天的体育课那么有娱乐性。

回到圆圈，拿球，更用力地丢球。老师暴喝，"不对啦，哪个学校来的笨蛋，连丢铅球都不会！"老师跨进圆圈，抓住我的肩膀，说，"笨蛋，球丢出以后身体不可以超过圆圈，你懂不懂？"

城市的孩子们笑成一团；他们没见过不会丢铅球的人。

十四岁的MM，不见得知道所谓"在人生竞争的跑道上，跑得不够快就会被淘汰"，但是，城乡差距、贫富不均是什么意思，永远不会忘记。有意思的是，这次的"失败启蒙"教给我的，不是"你以后一定要做那城市里的人"，而是，"你以后一定不能忍受城乡差距、贫富不均所带来的不公平"。也就是说，"失败启蒙"给我的教训，不是打入"成功者"的行列，而是，你要去挑战、去质疑"成功者"的定义。

我收到很多读者来信。有些，我还能简单地回复一两句自己认为可能不是完全没意义的话，更多的，除了谢谢之外，只能谦卑、沉默。生命的重，往往超乎我们的想象，说什么都可能是虚矫的、致命的。下面是几封信，与安德烈分享。

MM 稍微敢回复的：

亲爱的 MM：

未来是什么？我要做什么？答案是，我不知道。我毕业自台大，留学过美国，有硕士学位，现在有一份工作，看起来一切正常，但是，没有人知道我心中的恐惧。我每天准时上班，但是，在工作上没有任何成就感。我觉得，这个办公室里有我没我一点差别都没有。下班走在回家的路上，我又觉得，这个社会有我没我也没两样。

办公室里比我年长的人，显得很自信、成熟，好像很清楚自己在干什么。比我年轻的人，显得很有企图心，很有冲劲，好像很清楚自己要什么。只有我，彻底的"平庸"，没有人会问我在干什么，没有人对我有兴趣，没有人想跟我做朋友。我的老板看不见我，我的同像也对我视若无睹。可以说，他们完全不认识我，或说，我根本不让他们认识我。

小时候写作文《我的志愿》，我就不知道要写什么，现在，我已经三十岁了，不再有人问我的"志愿"是什么，我仍旧不知道什么才是有意义的人生，半夜惊醒，一身冷汗，黑夜里坐起来，只有茫然和恐惧。

你问我有没有压力？有啊，我感觉到别人都在尽力表现，拼命向前。人生显然就是适者生存的竞争跑道，我觉得很害怕。我还很年轻，前面的路看起来很长，所有的人都在快跑，你一个人慢慢走，感觉很寂寞，心也很慌，好像随时会被淘汰，丢弃。我也想变成众人的一分子，跟着大家的速度跑步，可是……我很平庸，没有自信……写这封信，都让我颤抖。

PM（台北）

PM：

设想一个跑道上，有人正在跑五千米，有人在拼百米冲刺，也有人在做清晨的散步。那跑五千米的人，看见那跑百米的人全身紧张、满面通红，心里会"颤抖"吗？不会的，因为他知道自己是跑五千米的。

那清晨散步遛狗的人，看见那跑五千米的人气呼呼地追过来了，他会因而恐惧，觉得自己要被"淘汰"了吗？不会的，因为他知道自己是来散步的。

你真的"平庸"吗？其实要看你让自己站在哪一条跑道上。如果你决定做那清晨散步的人，怎么会有"平庸"的问题呢？会不会你的气定神闲，你的温和内敛，你的沉静谦逊，反而就是你最"杰出"的人格特质呢？

MM

MM 其实不敢回复的：

龙博士：

我是香港人，今年二十五岁。最近读到你给安德烈的信，《给河马刷牙》，带给了我难以抚平的思想震撼。你说给安德烈的话，就像对着我说的一样，我就像被当头棒打，从混乱中突然清醒下来，回头一看自身，顿时颓然……就像自己以往一直向着错的方向走，虽然没有因挫折而放弃自己的人生，却是越走越错。

"我也要求你读书用功，不是因为我要你跟别人比成就，而是因为，我希望你将来会拥有选择的权利，选择有意义、有时间的工作，而不是被迫谋生。"这句话刺伤了我那潜藏的伤口，我正是每天在"被迫谋生"的痛苦中挣扎的人。

还不到十八岁的我，因为家庭环境不好，就辍学到一间小公司工作。数年之后，就是我妈妈过世的那年，我半工半读考上了一所学院，可惜最终因为实在太累而放弃了。二十三岁的时候，我结婚了，我是为爱而结婚的，渴望拥有自己的家庭，而且以为，只要有一份稳定的工作，扛起一个家是没有问题的。可是，现在我才真正体会到现实生活的沉重，压得我透不过气，抬不起头，简直无法呼吸。为了生活，所有的理想都不得不放弃，想再读书，也只是一场虚妄的梦。我认识到自己的卑微，失败，而且似乎将是永远的失败。

到今天才发现自己的将来没什么希望！叫我要怎么面对自己，我还有希望吗？希望在哪里呢？

SS

SS：

　　大树，有大树的长法；小草，有小草的长法。这世上大部分的人，都是小草。你不是孤独的。

MM

MM：

　　我读了《给河马刷牙》，边读边哭，足足哭了三分钟。我不可克制地在检查自己的灵魂：我每天在想什么，在做什么，说什么，梦什么，我所有的愤怒、挫折，我的伤心和失望……好些年了，我觉得我一直没法找到一种语言去表达或者释放积压在我心里的感受，我觉得我一直在绝对的孤独里跟自己挣扎——一直到我读了你的《给河马刷牙》。

　　你对"平庸"的说法，使我心中涌上一股痛苦的感激。我是一个结了婚的三十岁的女人。婚姻生活并没有让我觉得幸福，反而使我紧张、暴躁、不安。家务事琐碎复杂，想到要生孩子更让我充满恐惧。丈夫回家往往累得倒头就睡，我一个人要面对生活中所有的问题。我常觉得，我不是他的妻，我是要承担一切重担的妈。

　　我发现自己每天都在一种紧张、混乱、无助、激动的情绪里。对丈夫，我不是在吼叫就是在哭。最好笑的是，我自己是一个社会工作者，专门协助情绪不稳定的儿童，辅导他们理解自己的情绪，调节自己的情感表达，可是

222

我对自己的挫折，那么无助。我很想、很想知道，比我年长的女性如你，是不是也经历过这个阶段？二十一世纪的新女性，在她三十岁的时候，要怎么做人生的种种决定？

婷婷

婷婷：

　　如果我说，是的，MM 也经历过这样的痛苦和迷茫，你是否会觉得多一点力量呢？是的，我经历过。而且，很多我的女性朋友们，不论她们现在如何"成功"，也都走过这样的黑暗。

M·M·
2007.4.4

龙教授：

我们应往哪里去？

年轻的我们不是平庸，不是失败，而是看不到现实的出路。

在你成长的时代，不论是身处台湾还是香港，只要努力和勤奋就不会有太差的回报。一个中学毕业生，凭着虚心学习和敢于抓着机遇的自信，不难成为老板／管理层，在社会的阶梯上向上爬……那是因为那时大家的起点都低。

但我们这一辈，在全球化的洪流中，却要跟世上所有的人竞争。在讲求品牌和格调的消费市场，后进者多么的无能为力。还有以往养尊处优的专业人士，一下子要跟大陆和印度的人竞争……我们渐渐失去大声表达的勇气。

过往的教育令我们的价值包含自由、真理、平等，但现实的压迫使我们在功能组别分组投票时，还是会选一个捍卫自己专业界别利益和这畸形选举制度的候选人。或许我们对他的政治立场有意见，但他毕竟能保护我们的利益。"自私"被放在"平等"之上，可惜我们没有太多选择。

老师念的"先天下之忧而忧"，本应要使我们争取、抗争，但经济的紧张力早使我们失去大声表达的勇气。工作害怕输给印度和大陆；投票没有依照心里的价值；"为天地立心，为生民立命"更像是午夜的梦话。这可能不是失败，可能不是平庸，但足够使我们觉得自己很逊。

年轻的一代，纵然受过了高等教育，却茫然无法前进，快乐似乎是很远很远。我很茫然。

YP（台北）

政府的手可以伸多长？

MM：

　　我抽烟。我知道你很讨厌我抽烟，我也认为这是个很糟糕的习惯。大概十七岁那年开始的，但是究竟怎么开始的，我也弄不清楚——因为朋友都抽所以抽？功课的压力太大？太无聊？或者就是为了反叛——因为大人说它不好就偏要试。可能每个理由都多多少少有一点。反正结果就是，我上瘾了。

　　我的烟友们其实都开始得比我早，大部分在十二三岁的时候。还记得那个时候我是很讨厌别人抽烟的，讨厌那个气味。最火大的是，大伙要出发到哪儿去时，总要等抽烟的那个家伙在垃圾桶前把他的那支烟抽完才能走。其实到今天，我还是不喜欢抽烟这回事的：我的喉咙总觉得不舒服，很容易感冒，衣服老有去不掉的烟味，我容易累，而且，肺癌还等着我呢。

　　可是，有什么好说的呢？不就是我的自由意志选择了抽烟，然后，又缺乏意志力去戒掉它，明知它有害。原因是，每一支烟，是一个小小的休息和释放。我喜欢离开我的书本，站到阳台上去，耳机里听着一首好听的歌，看着海面上大船缓缓驶过——点上一根烟。当然还有那"快乐似神仙"的"饭后一根烟"，还有电影镜头里不能少的"性后一根烟"。一根烟，我想说，使美好的一刻完整了。

　　所以，对我而言，明知抽烟不好，但那是一个个人的自由选择。

　　最近，我的自由选择被剥夺了。二〇〇七年一月一日零时，香港开始在公共场所禁烟。政府的说法是，为了防止二手烟危害不抽烟者的健康，禁烟的地点包括公园、餐厅、学校、酒吧……当然包括了我的大学。

我一点也不意外。这正是两年前我的德国高中发生的事情。你知道，德国法律规定，十六岁以上的人抽烟饮酒是合法的，所以，大部分的高中都划定了吸烟区，学生在那里吸烟。但是，二〇〇四年黑森州的文化部长推动校园禁烟，结果呢？我们必须多走五百米到校园外围的人行道上去吸烟。我们同学里没一个人戒了烟，但是，学校外围那条人行道上从此满地是烟蒂。

没多久，全德国都要在公共场所禁烟了。所以，在禁烟的作为上，香港和德国是一样的。但是，我注意到一个根本的差别，那就是，在德国，公共场所禁烟令下来之前，社会有历时很长、翻天覆地的辩论。香港却没有，政府基本上可以说做就做，而且，香港政府好像有一种特异功能，只要是它想做的事情，都可以把它塑造成"万众一心"的样子，香港政府简直是个所向无敌的铁金刚。

如果你问我，我是否对禁烟政策不满？当然不满，因为现在我必须绕很多路去抽一根烟。可是，如果你问我，我认为禁烟政策对不对？我会说，没办法，当然对啦。我喜欢烟雾缭绕的小酒馆或酒吧，因为那是一种迷人的气氛。但是，我完全赞成在餐厅里禁烟，因为烟味会破坏了食物的香气，我心甘情愿走到餐厅外面去抽烟。所以说来说去，公共场所禁烟对我不是问题。但是，我想谈的其实不是禁烟的政策，或者香港强大的政府——因为，反正没有普选，反正你拿政府没辙。

我觉得奇怪的是香港的媒体——当然，我主要说的是两家英文报纸。香港没有民主，但是有自由，媒体的独立跟批判精神，还是被容许的吧？公共场所应不应该禁烟，在德国媒体上起码辩论了三四年，学者、专家、评论家翻来覆去全民大辩论。香港媒体上也有一些讨论，但是很少，很零星——而且，你知道吗？香港的讨论说来说去都停留在禁烟的"执行"层面：说抽烟族会跑到人行道上去抽，说酒吧、餐厅可以怎样领到"准烟牌照"，说空气污染会不会变好等等琐碎细节。

可是，我很少看见有什么认真的讨论是冲着"公民权"来谈的。问题的核心反而好像没人在乎：政府应不应该有这样的权力去规范公共空间的使用？政府有没有权利这样高姿态地去"指导"人民的生活方式？在一个多元开放的社会里，不吸烟的"大多数"有没有权利这样去压制生活习惯不同的吸烟"少数"？

嚼槟榔的人，是否政府也该管呢？以此类推，不刷牙的人，用了马桶不抽水的人，在公共场所放屁的人……是不是政府都要管呢？

我知道讨厌烟的人很多，我也知道吸烟有害健康，我更知道禁烟可以带来比较好的空气环境。但这不是重点，重点是，当一个如此侵犯个人空间，如此冲着弱小族群（吸烟族绝对是"弱小族群"）而来的法要通过时，你会以为，这个社会里的自由派会大声抗议，强烈反对，要求辩论。奇怪的是，一点都没有。MM你告诉我，难道香港没有"liberal"的存在吗？我读到的评论，简直像中学生的作文：先几句正面的，然后讲几句负面的，然后一个软绵绵的、四平八稳的总结。媒体的尖锐批判性，在哪里啊？

这么写，会让很多香港人跳起来。我其实一点也不想说德国多么好——他们搞烂的事情可多了。可是就媒体而言，每个报纸都有它的批判立场，在公共场所禁烟这个议题上，保守的《法兰克福汇报》和激进的《柏林每日新闻》就会有截然不同的鲜明立场。我订过香港的英文报纸《南华早报》，看了几个礼拜以后就退报了。我要的是一份报纸，对于香港的事情有深入的分析和个性鲜明而独立的评论，可是，我发现报纸的内容多半也只是浮面报道而已，那我何不干脆看看电视新闻就算了。

　　你大概要说，是因为长期的殖民，缺乏民主的环境和素养，所以会这样。我想问的是，那改变要从哪里开始呢？报摊上花花绿绿的杂志报纸，大多是影星艺人的私生活揭露，不然就是饮食、赌马跟名流时尚。MM，如果媒体不维持一种高度的批判精神，一个社会是可以集体变"笨"的是不是？香港的媒体在做什么呢？我看见很多香港人很辛苦地在争取普选，可是，媒体还是把最大的力气跟钱花在影星八卦上。那些力气那些钱，为什么不拿来为香港的民主做点努力呢？提供公开论坛，激发公众辩论，挑战政府决策，培养年轻人独立批判精神……老天，不要再讨论禁烟区要多大、准烟牌照要多少钱，比这重要的事，太多了吧。

你的　Andi

2007.6.20

读者来信

亲爱的安德烈：

　　拜阅阁下大作，本人深感遇上空谷足音。但容许我把问题倒过来问："到底个人可以享有多少决定自己生活方式的自由？"我的答案是："当一定数量的个人，认为他身为大众的一分子，有权决定别人的生活方式时，哪怕只是少许的道德压迫，他都会转化成公权力的强制，而令人们不能享有决定自己生活方式的自由。不一样的自由也不可能实现。回避这'惨剧'的方法只有一个，就是时刻提防决定别人生活方式的权力欲转化成公权力的强制。"

　　数年前家母回港替我庆祝研究院毕业。在母系家族聚会中，她们谈论了某些家族成员的吸烟习惯。我刚巧在谈论中途坐进她们一桌。未几，家母将讨论对象突然转到我身上，乘着鄙夷吸烟的气势问我有否吸烟。众人换来的是一个接不下去的答案："那么贵！"这即时的答案纵然来得漫不经心，可是若然我能再答一次，我也会给出相同的答案。

　　我清楚地知道，我母系那边的人口结构造就了"向主流负责"而非"向自己负责"的惯性思维。我刚到手的学历会成为家族权威以外干预生活的利器。要避免这利器被利用，我必须给出较像以个人选择为主体的答案——个人开支预算。庆幸这关我能顺利通过。可是，同一时间我亦错过了在有利位置建立母系让自己"向自己负责"的空间。结局我须在数月前的聚会中付出代价（也就是我第二个要举出的经历）。

　　事缘表弟会考完结，他让自己昼夜颠倒地放纵在电脑世界。他的母亲在聚会席间当面批评他只懂昼夜玩电脑。接着，其他年纪较大的表弟由小至大逐一被问及使用电脑的习惯，逐一被标签沉迷电脑。最后，轮到从事行政的我。纵使使用电脑是日常工作的一大部分，在"使用电脑 = 玩电脑 = 昼夜颠倒 = 沉迷"的主流思潮迅速形成的情况下，我只能乖乖认栽，尽力含混过去。这两个例子说明若不主动建立"向自己负责"的空间，对主流的压迫只能避得一时，不能避得一世。

再看香港禁止公共空间吸烟的辩论。主张室内全面禁烟的固然大有人在，寻求吸烟者和非吸烟者权利平衡的"理想"界线亦不乏其人。最后，室内禁烟立法的结果大家有目共睹，不分左右，"关心市民健康"的一方大获全胜。

容许我改写令堂触目惊心的名句"有怎样的人民，就有怎样的政府"，成"有以道理干涉别人生活的人民，就有以道理干涉人民生活的政府，小众永远首当其冲"。没有普选的政府或会或好或坏地偏离人民平均所希望的干涉程度，有普选的政府更会准确地执行人民所希望的干涉。在禁烟议题上，以"Liberal"行事的人不是不存在，只是他们相对零星地在各华文报章出现。可惜，长久以来的反吸烟宣传，辅以社会主流以干预为道德的实践，守护吸烟者应有权益往往是逆巨流而行，事倍而功半。

你的读者　直

第33封信

人生诘问

亲爱的安德烈：

我今天去买了一个新手机。在柜台边，售货员小伙子问我"您在找什么样的手机"，你知道我的答复吗？

我说，"什么复杂功能都不要，只要字大的。"

他想都不想，熟练地拿出一个三星牌的往台上一搁，说，"这个字最大！"

很显然，提出"字大"要求的人，不少。

你的一组反问，真把我吓到了。这些问题，都是一般人不会问的问题，怕冒犯了对方。我放了很久，不敢作答，但是要结集了，我不得不答。

反问一：你怎么面对自己的"老"？我是说，作为一个有名的作家，渐渐接近六十岁——你不可能不想：人生的前面还有什么？

我每两三个礼拜就去看你的外婆，我的母亲。八十四岁的她，一见到我就满脸惊奇："啊，你来了？你怎么来了？"她很高兴。我照例报告："我是你的女儿，你是我的妈，我叫龙应台。"她更高兴了，"真的？你是我的女儿，那太好了。"

陪她散步，带她吃馆子，给她买新衣新鞋，过街紧紧牵着她的手。可是，我去对面小店买份报纸再回到她身边，她看见我时满脸惊奇，"啊，你来了？你怎么来了？"我照例报告，"我是你的女儿，你是我的妈，我叫龙应台。"

她开心地笑。

她简直就是我的"老人学"的 PowerPoint 示范演出，我对"老"这课题，因此有了启蒙，观察敏锐了。我无处不看见老人。

老作家，在餐桌上，把长长药盒子打开，一列颜色缤纷的药片。白的，让他不晕眩跌倒。黄的，让他不便秘。蓝的，让他关节不痛。红的，保证他心情愉快不去想自杀。粉红的，让他睡觉……

老英雄，九十岁了，在纪念会上演讲，人们要知道他当年在丛林里作战的勇敢事迹。他颤颤巍巍地站起来，拿着麦克风的手有点抖，他说，"老，有三个特征，第一个特征是健忘，第二个跟第三个——我忘了。"

他的幽默赢来哄堂大笑。然后他开始讲一九四〇年的事迹，讲着讲着，十五分钟的致词变成二十五分钟，后排的人开始溜走，三十五分钟时，中排的人开始把椅子转来转去，坐立不安。

老英雄的脸上布满褐斑，身上有多种装备，不是年轻时的手枪、刺刀、窃听器，而是假牙、老花眼镜、助听器，外加一个替换骨盆和拐杖。

老人，上楼上到一半，忘了自己是要上还是要下。

老人，不说话时，嘴里也可能发出像咖啡机煮滚喷气的声音。

老人，不吃东西时，嘴巴也不由自主地蠕动，做吸食状。

老人，不伤心时也流眼泪，可能眼屎多于眼泪。

老人，永远饿了吃不下，累了睡不着，坐下去站不起来，站起来忘了去哪，记得的都已不存在，存在的都已不记得。

老人，全身都疼痛。还好"皱纹"是不痛的，否则……

我怎么面对自己之将老，安德烈？

我已经开始了，亲爱的。我坐在电脑前写字，突然想给自己泡杯茶，走到一半，看见昨天的报纸摊开在地板上，弯身捡报纸，拿到垃圾箱丢掉，回到电脑边，继续写作，隐隐觉得，好像刚刚有件事……可是总想不起来。

于是，你想用"智慧"来处理"老"。

"老"，其实就是一个败坏的过程，你如何用智慧去处理败坏？安德烈，你问我的问题，是所有宗教家生死以赴的大问啊，我对这终极的问题不敢有任何答案。只是开始去思索个人的败坏处理技术问题，譬如昏迷时要不要急救，要不要气切插管，譬如自身遗体的处置方式。这些处理，你大概都会在现场吧——要麻烦你了，亲爱的安德烈。

反问二：你是个经常在镁光灯下的人。死了以后，你会希望人们怎么记得你呢？尤其是被下列人怎么记得：一，你的读者；二，你的国人；三，我。

怎么被读者记得？不在乎。

怎么被国人记得？不在乎。

怎么被你，和菲力普，记得？

安德烈，想象一场冰雪中的登高跋涉，你和菲力普到了一个小木屋里，屋里突然升起熊熊柴火，照亮了整个室内，温暖了你们的胸膛。第二天，你们天亮时继续上路，充满了勇气和力量。柴火其实已经灭了，你们带着走、永不磨灭的，是心中的热度和光，去面对前头的冰霜路。谁需要记得柴火呢？柴火本身，又何尝在乎你们怎么记得它呢？

可是，我知道你们会记得，就如同我记得我逝去的父亲。有一天，你也许走在伦敦或香港的大街上，人群熙来攘往地流动，也许是一阵孩子的笑声飘来，也许是一株紫荆开满了粉色的花朵在风里摇曳，你突然想起我来，脚步慢下来，然后又匆匆赶往你的会议。那时，我化入虚空已久。遗憾的是，不能像童话一样，真的变成天上的星星，继续俯瞰你们的后来。

可是，果真所有有爱的人都变成了天上的星星继续俯瞰——哇，恐怖啊。不是正因为有最终的灭绝，生命和爱，才如此珍贵，你说呢？

再这样写下去，就要被你列入"Kitsch 十大"排行榜了。

反问三：人生里最让你懊恼、后悔的一件事是什么？哪一件事，或者决定，你但愿能从头来起？

安德烈，你我常玩象棋。你知道吗，象棋里头我觉得最"奥秘"的游戏规则，就是"卒"。卒子一过河，或动或静都没有回头的路。人生中一个决定牵动另一个决定，一个偶然注定另一个偶然，因此偶然从来不是偶然，一条路势必走向下一条路，回不了头。我发现，人生中所有的决定，其实都是不回头的"卒"。

反问四：最近一次，你恨不得可以狠狠揍我一顿的，是什么时候？什么事情？

对不起，你每一次抽烟，我都这么想。

反问五：你怎么应付人们对你的期许？人们总是期待你说出来的话，写出来的东西，一定是独特见解，有"智慧"、有"意义"的。可是，也许你心里觉得"老天爷我傻啊——我也不知道啊"，或者你其实很想淘气胡闹一通。

基本上，我想知道：你怎么面对人家总是期待你有思想、有智慧这个现实？

安德烈，一半的人在赞美我的同时，总有另外一半的人在批判我。我有充分机会学习如何"宠辱不惊"。至于人们的"期待"，那是一种你自己必须学会去"抵御"的东西，因为那个东西是最容易把你绑死的圈套。不知道就不要说话，傻就不假装聪明。你现在明白为何我推掉几乎所有的演讲、座谈、上电视的邀请吧？我本来就没那么多知识和智能可以天天去讲。

反问六：这世界你最尊敬谁？给一个没名的，一个有名的。

没名的，我尊敬那些扶贫济弱的人，我尊敬那些在实验室里默默工作的科学家，我尊敬那些抵抗强权坚持记载历史的人，我尊敬那些贫病交迫仍坚定把孩子养成的人，我尊敬那些在群众鼓噪中仍旧维持独立思考的人，我尊敬那些愿意跟别人分享最后一根蜡烛的人，我尊敬那些在鼓励谎言的时代里仍然选择诚实过日子的人，我尊敬那些有了权力却仍旧能跪下来亲吻贫民的脚指头的人……

有名的？无法作答。从司马迁到斯宾诺沙，从苏格拉底到甘地，从华盛顿到福泽谕吉，值得尊敬的人太多了。如果说还活着的，你知道我还是梁朝伟的粉丝呢。

反问七：如果你能搭"时间穿梭器"到另一个时间里去，你想去哪里？未来，还是过去？为什么？

好，我想去"过去"，去看孔子时期的中国，而那也正是苏格拉底时期的欧洲。我想要知道，人在纯粹的星空下是如何作出伟大的思想的？我想走遍孔子所走过的国家，去穿每一条巷子，听每一户人家从厨房传出来的语音，看每一场国君和谋士的会谈；我想在苏格拉底监狱的现场，听他和学生及友人的对话，观察广场上参政者和公民的辩论，出席每一场露天剧场的演出，看每一次犯人的行刑。我想知道，在没有科技没有灯光的土地上，在素朴原型的天和地之间，人，怎么做爱，怎么生产，怎么辩论，怎么思索，怎么超越自我，怎么创造文明？

但是，我也想到未来，到二○三○年，那时你四十五岁，弟弟四十一岁。我想偷看一下，看你们是否幸福。

但是，还是不要比较好。我将——不敢看。

反问八：你恐惧什么？

最平凡、最普通的恐惧吧。我恐惧失去所爱。你们小的时候，放学时若不准时到家，我就幻想你们是否被人绑走或者被车子撞倒。你们长大了，我害怕你们得忧郁症或吸毒或者飞机掉下来。

我恐惧失去所能。能走路，能看花，能赏月，能饮酒，能作文，能会友，能思想，能感受，能记忆，能坚持，能分辨是非，能有所不为，能爱。每一样都是能力，每一种能力，都是可以瞬间失去的。

显然，我恐惧失去。

而生命败坏的过程，其实就是走向失去。于是，所谓以智慧面对败坏，

就是你面对老和死的态度了。这，是不是又回到了你的问题一？二十一岁的
人，能在餐桌上和他的父母谈这些吗？

M·M·

2007.7.14

你知道什么叫二十一岁？

亲爱的 MM：

　　老实说，你的答复令我吃惊。你整封信谈的是生命败坏的过程——你的身体如何逐渐干掉的过程，就是没看见你说，随着年龄你如何变得更有智慧，更有经验，也没说你怎么期待"优雅变老"，宁静过日。我以为你会说，老的时候你会很舒服地躺在摇椅里，细细叙述你一生的伟大成就——你基本上不需要顾虑金钱或工作，家庭也都安乐，我以为像你这样处境舒适的人谈"老"，会蛮闲适的。

　　所以，要感谢你啊 MM，消灭了我对"优雅地老"的任何幻想，给了我一箩筐可怕的对老的想象。

　　我没想过二三十年后的事，会让我烦心的是未来两三年的事。有时候，我会想到人生的过程：先是，整个世界绕着你的爸爸妈妈转。后来是，比比谁的玩具最好玩。玩具不比了之后，接下来话题就永远绕着女孩子了。什么时候，女孩子又不是话题了呢？我但愿永远不会。

　　我的意思是说，什么时候开始，老天，我和朋友们谈的不再是文学、足球、电影和伟大的想法了，我们谈的是"私募股权投资是不是好的行业"，我们谈的是哪个公司待遇最好，谁谁谁和哪个上市公司老板有交情。感觉上，我们好像又是蹲在沙堆里玩耍的小孩，只不过，现在拿来比的不再是谁的爸爸妈妈最棒，谁家房子最大或谁的玩具最多。

　　不久前，我在上网的时候发现我从前的女朋友也在网上。好几年没联系了，我决定给她写个几行字，打个招呼。其实，心里还希望她最好不在，那就不要尴尬了，可是不幸的是，她就在，而且立即响应，而且话多得很。我们谈了一会儿之后，她告诉我，她要结婚了，她和未婚夫正在找房子。我礼貌地问了一下她和他的认识经过什么的，然后，就匆匆结束了谈话。

不是说我对她还有什么不舍的感情，而是，我的感觉很奇怪。

可是，还没完呢。上礼拜我收到一张照片：我的一个高中同学穿着白纱结婚礼服，那是她的婚礼。

我的错愕，就和那天上网知道前女友结婚的感觉一样：难道这就是了吗？已经开始了吗？我们不是刚刚还挤在烟雾缭绕的小酒吧里高谈阔论，为歌德的诗吵得面红耳赤，不是刚刚才喝得半醉在大谈我们的未来——怎么现在已经在结婚、在成家了？

不会吧？不可能吧？

不是应该还有一个阶段，我们开始谈事业、结婚、家庭，怎么有人已经开始身在其中了？那么在事业、结婚、家庭的下一个阶段，我们是否也要提早谈关节酸痛、大小便失禁、替换骨盆和老年痴呆症了？

你知道我的人生处境吗，MM？我其实已经在面对人生未来的压力和挑战——学业的和事业的，但是在家中，只要我和你仍住一起，我还得像一个十四岁的孩子一样被看待。"你的房间好乱！"你说。"功课做完啦？"你问。"两点了，该睡了吧？"你催。

你可能觉得我在夸张，对啦，但是，对不起，对我这样一个二十一岁的欧洲人来说，这就是一个对待十四岁的小孩的态度。你不知道，欧洲的二十一岁代表什么意思。

所以我的感觉就是，在外面我是一个要承受压力的、独立自主的成人，但是一踏进家门，我马上变成一个"反叛期青年"。我有一个内部角色转换：一边在思索股票操作的最佳策略，一边要对妈妈解释为何昨晚凌晨五点才回家。跟你说真的，后者比前者还难。

但是我也找到了一种与你和平相处的方式。最怪异的，其实还是在学校里。

我的亚洲同学，在我眼里看起来是如此的稚嫩，难道他们的父母亲对他们管得更多、更"保护"有加？我无法想象，但是我看到的是结果。我可以跟你讲一千个例子，但是一两个就够了。有一天，约翰跟我到学生宿舍去，一推门，看见约翰的香港同学，一对男女朋友，正坐在床沿玩，怎么玩呢？她手上抓着一只小毛熊，他抓一只小毛狗，两人做出"超可爱"的喔喔呜呜声音，推来推去，叽叽咕咕笑个不停，玩了很久，像两个八岁的小孩。但是他们俩都是二十三岁。

上课时，譬如法文课，老师发一个音，学生觉得那个音好笑，就会集体发出那种小学女生发出的咯啦咯啦的笑声。他们永远用"可爱"的声音说话，他们的身体语言也永远是"可爱"的。我坐在其中，觉得自己很像一个一百岁的老人。

你懂了吗，我就是在这几种奇怪的情境中转进来转出去，心中对未来本来就有疑惑跟不安了，你还来告诉我"老"有多可怕？

Andi

2007.7.23

第 *35* 封信

独立宣言

安德烈：

　　你昨天的话是这么说的："MM，你跟我说话的语气跟方式，还是把我当十四岁的小孩看待，你完全无法理解我是个二十一岁的成人。你给我足够的自由，是的，但是你知道吗？你一边给，一边觉得那是你的'授权'或'施予'，你并不觉得那是我本来就有的天生的权利！对，这就是你的心态啊。也就是说，你到今天都没法明白：你的儿子不是你的儿子，他是一个完全独立于你的'别人'！"

　　安德烈，那一刻，简直就像经典电影里的镜头，身为儿子的向母亲做斩钉截铁的独立宣言，那饰演母亲的，要不然就气得全身发抖，"啪"一个耳光打在儿子脸上，儿子露出愕然的表情，然后愤而夺门离去，要不然，母亲愕然，然后眼泪潸潸而下，本来威武庄严的母仪突然垮了，惨兮兮地哭。

　　我也没办法应付这局面，安德烈，譬如你站在沙滩上，突然一个浪头，天一样高，眼睁睁看着它扑下来，你其实不知道躲到哪里去，反正趴着躺着都会被击倒。

　　你所不明白的是，你的独立宣言，不仅只是美国对英国的独立宣言，那毕竟是同一个文化内部的格斗；你的独立宣言——不知怎么我想到一个不伦不类的比喻——阿尔及利亚向法国宣布独立，是古巴向西班牙挑战，是甘地向英国说"不"。

　　你根本不知道大多数的亚洲母亲是怎么对待她们的儿女的。

你记不记得你香港的数学家教？他是博士生了，谈妥要来上班之前，还说要打电话回北京问他父母同不同意他做家教。你记不记得大三的小瑞？她到台北和朋友晚餐，结束之后还打电话问她妈准不准许她搭出租车回家，结果电话里的妈说出租车危险，她必须搭公交车。你记不记得大二的阿芬？拿着暑期创意营的选课单，说伤脑筋，不知道她妈会不会同意她选她真正想要的课程。

这些，都是典型的镜头；我不是这样的母亲。

但是同时，我也看见二十一岁的女儿跟母亲手挽着手亲密地逛街，看见十八岁的儿子很"乖"地坐在母亲身边陪着母亲访友，跟母亲有说有笑。

老实说，安德烈，我好羡慕啊。

但是，我不敢企求，因为，我也觉得，刚成年的人跟母亲太亲近、太"乖"，恐怕代表着他本身的人格独立性不够完整。我渴望和你们保持儿时的亲密，但是又知道这是不可能的幻想。我其实是一个非常不典型的亚洲母亲了，而且还一直认真地在上你和菲力普给我的"课"。

菲力普和我在香港生活了两年，从他的十四岁到十六岁。他对我和朋友们的谈话议题兴趣很浓。譬如和中国大陆来的记者谈中国问题，或者和美国记者谈国际局势，十五岁的他都会很专注地倾听、提问，也谈自己的看法。

有一天，一群朋友刚离开，他说，"妈，你有没有注意到一个你的华人朋友的特征？"

我说没有。

他说，"就是，当他们要问我什么问题的时候，他们的眼睛是看着你的，而且，就站在我面前，却用第三人称'他'来称呼我。"

嘎？

我其实没听懂他的意思，但是我们接着做了一次实验。就是观察下一次朋友来的时候所做的举动。结果是这样的：

教授甲进来，我介绍："这是中文系甲教授，这是我的儿子菲力普。"

他们握手。然后，甲教授对着我问："好俊的孩子。他会说中文吗？"

我说，"会，说得不错。"

甲教授问，"他几岁？"眼睛看着我。

我说，"十五。"

甲教授说，"他读几年级呢？"眼睛看着我。

我说，"你问他吧。"甲教授这才转过去看菲力普。但是没说几句，又转回来了，"他懂几国语言啊？"

菲力普在一旁用偷笑的眼神瞅着我。

这个实验发生了之后，我也变敏感了。记不记得，你刚到香港时生病了，我陪你去看医生。我们两人一起进去，你坐在医生对面，我一旁站着。医生看了你一眼，然后抬头问我："他哪里不舒服？"我赶忙说，"请你问他。"

那时，你二十岁。

十六岁的菲力普，在我们做过多次的实验后，曾经下过这样的观察归纳，他说："妈，我觉得，差别在于，欧洲人是看年龄的，譬如在德国学校里，你只要满十四岁了，老师便要用'您'来称呼学生。但是，中国人看的不是年龄，而是辈分，不管你几岁，只要你站在你妈或爸身边，你就是'小孩'，你就没有身份，没有声音，不是他讲话的对象。所以，他才会眼睛盯着你的妈或爸发问，由'大人'来为你代言。"

菲力普做这归纳的时候，安德烈，我这有名的社会观察家，真的傻了。

此后，即使站在朋友身边的孩子只有酱油瓶子那么高，我也会弯下腰去和他说话。

菲力普给我另一次"震撼课"，是在垦丁。我们一大帮人，包括奶奶舅舅表弟表妹们，几辆车到了垦丁海岸。大家坐在凉风习习的海岸咖啡座看海。过了一阵子，我听见一旁舅妈问她读大学的女儿咪咪，"要不要上厕所？"我也想去洗手间，起身时问菲力普，"要不要上厕所？"

你老弟从一本英文杂志里抬眼看我，说，"妈，我要不要上厕所，自己不知道吗？需要妈来问？"

喔，又来了。我不理他，径自去了。回来之后，他还不放过我，他说，"妈，咪咪二十岁了，为什么她妈还要问她上不上厕所？"

嘎？

"第一，这种问题，不是对三岁小孩才会问的问题吗？第二，上厕所，你不觉得是件非常非常个人的事吗？请问，你会不会问你的朋友'要不要上厕所'？"

我开始想，好，如果我是和诗人杨泽、历史学者朱学勤、副刊主编马家辉、小说家王安忆一起来到海岸喝咖啡，当我要去上厕所时，会不会顺便问他们："杨泽，朱学勤，马家辉，王安忆，你要不要上厕所？"

菲力普看着我阴晴不定的表情，说，"怎样？"

我很不甘愿地回答说，"不会。"

他就乘胜追击，"好，那你为什么要问我上不上厕所呢？你是怕我尿在裤子里吗？"

我们之间的矛盾，安德烈，我想不仅只是两代之间的，更多的，可能是两种文化之间的。

我常常觉得你们兄弟俩在和我做智力对决、价值拔河。譬如你的中文家教来到家中，我看见你直接就坐下来准备上课；我把你叫到一旁跟你说，"安德烈，虽然你的家教只比你大几岁，你还是要有一定的礼节：给他奉上一杯茶水，请他先坐。他离开时，要送客送到电梯口。"你显然觉得太多礼，但你还是做了。

我也记得，譬如住在隔壁的好朋友陈婉莹教授来到家中，你看她进来，对她说了声"嗨"，还是坐在椅子上读报。我说，"不行，再熟她都还是你的教授，在中国的礼仪里，你要站起来。"你也接受了。

我们之间，有很多价值的交流，更何况，德国的传统礼节不见得比中国的少，欧洲社会对亲子关系的重视，不见得比亚洲人轻，对吧？

可是，昨天发生的事情，还是让我难以消化，隔了一夜还觉得郁结在心中。

你和菲力普到上海来做暑期实习，我也兴高采烈地把自己的研究行程安排到上海来。一个做母亲的快乐想象：母子三人共处一室，在上海生活一个月，多幸福。让我来引导你们认识中国大陆，多愉快。

我怎么会想到，你们的快乐想象和我的刚好相反。

你说，"我好不容易可以有自己的独立空间，为何又要和妈住一起？而且，难道以后我到某一个城市去工作了，做妈的都要跟着吗？"

十八岁的菲力普，刚从德国降落，天真的眼睛长在一百八十四公分的身躯上，认真地说，"我不要你牵着我的手去认识中国——因为你什么都知道，什么都安排得好好的，但是，真正的世界哪里能这样。我要自己去发现中国。"

　　我听见自己可怜巴巴的声音说，"难道，连一个周末都不肯跟我去玩？青岛？苏州？杭州？"你们眼睛都不眨一下，异口同声说，"妈，你能不能理解：我们要自己出去，自己探索？"

　　安德烈，我在面对你们的"欧洲价值"，心里觉得彻底的失落。可是，转念想想，你们俩，是否也在努力抵抗你们母亲身上的某些"亚洲价值"而觉得"有点累"呢？

　　昨晚，我一个人去散步。从梧桐树夹道的兴国路一直走到淮海中路，月亮黄澄澄的，很浓，梧桐的阔叶，很美。我足足走了一个小时，然后，叫车到你俩丽园路的住处，看见你们自己洗好的衣服袜子凌乱地散在沙发上。我想，"不行，我也不能帮你们清理家里。"

　　在沉沉的夜色里，菲力普送我到大马路上搭车。他忍受我一个深深的拥抱，然后，大踏步走到马路的对岸。

2007.8.25

读者来信

给对话的两代母子：

　　两代之间的文化差异、个人主义的追求，在台湾是普遍的现象。

　　但是，能够像您两位彼此之间能够对话，畅谈观点与立场，这种幸福不是每个家庭都有。

　　更多的是如龙应台女士所言，"刷"一下就更加深打裂了彼此的关系，能够像你们这样书信往来沟通信念，是何其令人称羡！

　　只能，透过阅读你们的文字，寻得一种也深陷其中的遥远慰藉。

柚子（台湾）

· · · · · ·

敬爱的龙女士：

　　身为一个亚洲的年轻妈妈，我自以为对孩子的教育方式是西式的、开放的，尊重他们是一个"个体"，但是我又无法除去自身血液里中国传统的部分，希望孩子最好听我的，最好仰赖着我。还记得大儿子上幼稚园小班的时候，他不像别的孩子，一路哭进教室，反倒是他放开我的手，告诉我他要自己走进去，然后就头也不回地举起手向我 bye bye。看着他的背影，结果是我哭了……觉得这么的不被需要，我想是我自己以为孩子是如此需要我，其实不然吧！

国小一年级报到时，由于校舍老旧，本来放在心里没说的我，一听到儿子也有同样的想法时，我便向儿子开了口：不然我们转回另一所国小去。儿子又出乎意料地回答：不用了，报名都报了。

我想我们家儿子长大后也会像安德烈一样吧？虽然不是文化不同而产生两代间的矛盾，也可能会因思维不同而产生歧见。

小女儿前几天幼稚园开学，她也坚持要自己走进去，我心想又来了？

您的读者

. . . . . .

龙应台你好：

我是你在香港的忠实读者，读了你的"独立宣言"，很感触。我的父母带着我和兄长到加拿大移民生活，他们是很疼很疼我们，但将情感隐藏得深深的传统中国式父母。那种重担，那种责任，那种内疚，要把孩子压得窒息。

对，你挑的朋友，你选修的科目，都要给他们预先批准。细致到你摆放私人物品的方法，他们都要管，都要依他们的方法。在父母的管辖之下，孩子是失去了自己，干什么也是错的，于是，你不敢去做选择，于是你不敢独立，于是你不知道自己真正需要的、喜欢的是什么。

最痛苦的是，你不是不爱你的父母。你知道他们很爱你，但那种爱里，没有自由，没有尊重，没有犯错的空间。

我于是离开家庭，出走回到香港，独自一个人发展，跌碰，挫败。

我像你的儿子一样，发现要找一条出路，就是要把自己和父母用手术刀分割开来。狠狠地把他们视作独立的"别人"，看清楚他们的优点缺点，把两代数十年的恩怨情仇稀释了，才能找回我自己，才能找回自己的真正情感世界。

谢谢你，我会把你的文章转交我的父母。我现在已三十二岁了。他们也是七十二岁的老人了，但我永远永远像一个小孩子。

YT

· · · · · ·

应台小姐与安德烈你们好：

我十八岁就自己背行李到英国生活了三个月，大学三年级在西班牙当了一整年的交换学生，大三读完书之后，再回台湾之前认识影响我极大的前男友，一位西德人，于是乎搬到德国住了四个月才回台湾，连接着三年的相处，我的传统保守家庭看待我，有时也就像是"外国人"一般。

母亲也时常在跟我谈话之间，常以"辈分"来教训我。比方说做了什么事不如她的意，她便会说，"我是妈妈耶！你怎么可以用这种方式跟我说话？"妈妈最小的弟弟小她十一岁，大我十五岁，也就是我小舅，我们的关系就好像好朋友一般，我会把心事跟他说。有一次我们一家人一起吃饭，本来都喝果汁的我们想倒红酒喝喝，即便多次烦请服务生拿两个新酒杯给我们，仍旧因为生意太好而被忽略。我再一次跟服务生要杯子的同时，小舅正准备用有遗留柳橙汁的杯子倒红酒，我立刻跟他说，"你再等一下啦！这样混着喝味道都

254

不一样了！"他继续准备倒酒。情急之下我就跟他说，"你怎么这么固执啊！这样待会儿味道都变了，怎么喝啊！"妈妈立刻跟我说，"他是小舅，不可以这样对小舅说话。"

小孩总会长大的！现在科技这么发达，立即的联系如简讯、电话（我妈妈就是被我逼得学会传简讯的呢！她化所有想我的思念成传简讯的力量！当然，我也得努力响应她的简讯！），稍微让孩子有一点空间反而可以让孩子独立成长茁壮。反之，一直想保护孩子，恐怕换来的会是一个长不大的小暴君喔！！

A. M

· · · · · ·

MM：

我是一位二十七岁的女生，也是一位国小老师——
话说：
我和我的母亲的独立抗争
开始于养猫
其次是一段一个人的京都自助旅行
最后终结于考研究所

养猫 · 二十三岁
父母亲都在南投，我一个人和三个房客住在台北的房子
为期一年的教育实习开始于八月，但在九月就让我对这份未来的工作失去信心
我开始养猫陪我……

母亲很不高兴……因为她讨厌猫，也怕房客抱怨——
但我认为
房客可以换人，换成可以接受猫咪的
怎么可以叫我去迁就房客呢？
这是哪门子的道理？
更何况
房客都是我面试进来的……
附带一提……
我从大学三年级开始，就开始了包租婆的生涯
管理八间雅房……面试一堆需要找房子的上班族

京都自助　·　二十五岁
带了第一轮的小学高年级，毕业了——
两年下来让人身心俱疲
再者
这两年来，每次出门都有男生规划
久而久之，变残废……
身为一个从小学毕业就开始住校的我
已经看不下去自己这副德性
想想自己以前可以背包收一收就可以走人的
于是开始发愤图强
上网订民宿订机票……买了两三本京都旅游书
一切底定之后……我向来先斩后奏——（哇哈哈）
出国前一个月才告诉了妈妈
她当然跳脚
不过我依然意志坚定！！
还很冷淡地跟她说

你要跟我去？不行喔——我没有买你的机票！！

有啦——

唯一的妥协就是去办远传办日本国际漫游

七天回来……超级高兴的！！

为什么？

我若是不在这时候自己一个人自助

过了两三年……我也不敢了！！

勇气很重要！！

后来，一位移民美国的阿姨听到我的做法

还挺称赞的——

研究所 · 二十七岁

大学毕业后，我先就业……

从小音乐班音乐系毕业的我

我不想再考音乐研究所（一个熟悉到令人恶心的圈子）

教书过程中……让我决定考心辅所

这整个大转弯……也是独立抗争的终结

三年的……读书……报名……考试……落榜……

在第三年，决定六亲不认地读书后……

在今年终于考上师大心辅所

很少打电话回家（寥寥可数……一个月的电话费大概只有五十元）

很少回南投（半年一次……二月过年和八月父亲节）

就是六亲不认

这种事情

除了补习班的同学老师之外

没有人能够帮得上自己的忙

除了自己

也只有自己

仅仅简单分享自己这五年来的心得

谢谢

爱文

· · · · · ·

应台姐：

我有三个儿子，老大十八，双胞胎十四。

在孩子还小，我每天忙得只能睡两小时的时候，我问过我先生一个问题，如果有一种

机器

把孩子放进去他就一直睡，也一直成长

他的智力、体能、性情都不会受影响

除非你打开机器，否则他就一直待在里面，

你愿意每天让他出来多久？

他真的仔细思量了一下

半小时，他说。

需要补充的是，我先生是坚持不参与家事的人

他那时一天的睡眠是十小时，其他的时间他上班和追求知性上的成长，

他把自己放在一个自由自在的机器里

的确每天只出来半小时，

检阅他的家庭，

（你不能说他不关心孩子）

孩子慢慢成长，
到了他们能跟我对谈人生的时候，
我告诉他们
爸妈老的时候不会跟你们住
你们好好过自己的日子
不需常常来看我们
我先生把我拉到一旁，正色说道
你不要把我也扯进去
我将来是要跟他们住的
我看着他，也很严肃地说
我是一定会阻止你的

我当然知道
你不会想黏住两个儿子
（这年代除了我先生没有人还敢这样想了，哈）
我其实觉得你的两个儿子都很幸运
能有你这样一个再失落也愿意反思的妈妈

只是我很希望你的思想能再宽一点，再远一点，也再高一点……
想想在孩子还小的时候
为什么我们大多数的人
都巴不得孩子能多睡一会儿，多自己玩一会儿
多到小朋友家待一会儿，上学时间长一点儿……？

因为那时的我们正值生命的巅峰
我们是成人，
我们对世界有了一些了解

同时也有自己的看法和意见
我们想闯，甚至想飞，
更想试试自己的斤两，
世界在邀请我们
我们也摩拳擦掌，跃跃欲试

有几个人这时愿意把世界关在外面，
降低了自己的高度
抱起腻在身边不断发出各种需求的幼儿，
一整天只是不断喂食，不断清洗？
但人生的吊诡就在这儿
当时急于想逃脱的，往往是现在追忆或追悔的

我从不跟我先生算账
怪他当年没有把屎把尿
因为那是他自己的损失
但我必须把关
不让他干扰孩子的下一步

父母亲面对孩子一辈子都有任务
孩子小时是喂食清洗，是全程陪伴
他们大了那个功课就是放手
任何一个阶段都精彩绝伦，
但都不可逆转。

我们不能霸道或无知地以为
我们有权决定孩子出现在我们身边的时段

我们要事业，要让自己发光发亮的时候
就希望他们离远一点，或干脆离他们远一点
我们打拼累了，烦了
就要求他们回到身边，承欢膝下
事实上，做父母的本来就应该配合孩子的成长大计
但他们却不需要顾及我们的人生规划

我们谁没有在养育孩子的过程中有过遗憾呢？
如果错过了他们童年或青少年期的任何一段
何不谦卑地感恩，
幸好还有下一段。
然后给孩子他这个阶段所需要的

当你的孩子发出了独立宣言
恭喜你！！
因为你成功地把他带到了一个充满挑战和刺激的新鲜国度
他一如我们当年，
也发现了作为一个成人
面对世界的邀请，
那个摩拳擦掌、跃跃欲试的喜悦

在他还没有家累，
没有繁重的社会责任，
没有慢性病的侵扰，
甚至没有恋情的缠绕时，
能不能让他一无顾虑，
豪情万丈地冲锋上阵

而你只是安分地做个拉拉队员。
欣赏，鼓励，支持，
中场时献上节制的欢呼
但绝不跳下去干预，指挥，
甚至抗议他没有注意到你？

有没有想过德国，或很多其他的文化群体
把成年礼订在十五甚至更小的年龄，
可能不是真觉得这些孩子已经成熟了
而是立意要唤醒懵懂的孩童，
那值得欢庆的巅峰就要来临了，
你看到了吗？

这个值得欢庆的成年期，
对你的两个了不起的孩子（相信我，他们绝不平庸）而言，已经来到了
这段时期，和他们的幼儿期、学龄期、青春期一样
都如黄金一般的珍贵
都需要你的成全

就送他们一篇放手宣言吧！
相信没有人会写得比你更好。

小鱼

伟大的鲍勃·迪伦和他妈

亲爱的 MM：

　　别失落啦。晚上一起出去晚餐如何？下面是美国有名的音乐制作人描写
他跟鲍勃·迪伦和迪伦的妈一起晚餐的镜头：

　　　　跟迪伦和他妈坐在一起，我吓一跳：诗人迪伦变成一个小乖。

　　　　"你不在吃，小鲍比。"他妈说。

　　　　"拜托，妈，你让我很尴尬。"

　　　　"我看你午饭就没吃，你瘦得皮包骨了。"

　　　　"我在吃啊，妈，我在吃。"

　　　　"你还没谢谢制作人请我们吃晚餐。"

　　　　"谢谢。"

　　　　"嘴里有东西怎么讲话，他根本听不懂你说什么。"

　　　　"他听懂啦。"迪伦有点带刺地回答。

　　　　"别不乖，小鲍比。"

　　MM，你觉得好过点了吧？

Andi

2007.8.24

龙应台　在时光里

这是一个以美、繁华、浪漫为世人爱慕的城市。我们在地铁站，想买两张三天有效的地铁票。自动买票机似乎故障，我们来到服务台的窗口。玻璃窗里面，一个体态肥满的女人，坐在舒适的旋转椅上，用她的体重往后压，垂眼看着我们，像一个俯瞰的弥勒佛。

我们隔着玻璃比手画脚向她说明，她抬起下巴，用下巴指向自动买票机。她懒得说话，她懒得举起她的手指。她全身的肉就那么放松地沉陷在那旋转椅上。

我很火。拿个人没办法，于是就诋毁她的国家，说，"你看吧，说是最浪漫的国家，果然又烂又慢！"

这时，菲力普转头看我。

一百八十公分高的他，看站在他身边的我，也是低头俯瞰。二十三岁的人，棱角分明如刀削的石雕，但是浓密的睫毛下清澈的眼睛，依旧是我记忆中的婴儿。

他说，"妈，你为什么不这样想：低收入的她一定住在离市区很远的郊外，来这地铁站上班可能要转很多次车，所以今天下冰雨，她可能天还黑就出门了。她的烦恼一定很多，可能房租都付不起，她可能很累。"

我们站在摇晃行驶中的车厢里，肩并肩一起研究路线图；今天的目的地是国家美术馆，先搭二路，到圣母教堂站转搭十二路，两站就到。地铁门打开，涌进一大群人。菲力普低声说，"你把背包抱前面吧，这里的扒手很有名，会割你皮包。"

* * * * *

和安德烈在香港会面。好几个月不见，我热情澎湃用力地拥抱他。他忍受着我的拥抱——他很高，我很矮，拥抱时，我的头只到他的胸，看不见他的脸，但可以想象他无奈的表情。

他说，"妈，你真小题大做，不就才几个月吗？一副分离好几年的样子。"

我说，"人生无常，每一次相聚都可能是最后一次啊！"

他说，"又要谈生老病死？饶了我好不好？活，就是活着吧。"

在餐厅里，侍者久久不来，来了之后，乒乒乓乓把碗筷几乎用丢的抛在桌上。终于上菜了之后，端上来的是别人的菜。我火气上来了，对侍者说，"可以请你小心点吗？"

安德烈坐在对面，双手环抱胸前，不动声色。二十七岁，他有一种深邃的气质，淡淡的，好像什么事都看过了，只有在笑的时候不小心流露出我熟悉的稚气，带点小男孩的害羞。

他问，"你知道马克·吐温怎么说的吗？"

"怎么说？"我看着那侍者的背影，他的白色衣袖上有一块油渍。

"马克·吐温说，"安德烈伸手拿起一粒绿色的橄榄，放进嘴里，似乎在品尝，然后慢条斯理地说，"我评断一个人的品格，不看他如何对待比他地位高的人，我看他如何对待比他地位低的人。"

写于 2013 年 2 月 16 日旅途中